DINHEIRO QUEIMADO

RICARDO PIGLIA

DINHEIRO QUEIMADO

Tradução:
ROSA FREIRE D'AGUIAR

COMPANHIA DAS LETRAS

Título original:
Plata quemada

Capa:
Angelo Venosa
sobre foto "Broken Windshield"
© Photodisc, inc.

Preparação:
Cristina Penz

Revisão:
Isabel Jorge Cury
Carmem S. da Costa

Dados Internacionais de Catalogação na Publicação (CIP)
(Câmara Brasileira do Livro, SP, Brasil)

Piglia, Ricardo,
Dinheiro queimado : novela / Ricardo Piglia ; tradução de Rosa Freire D'Aguiar. — São Paulo : Companhia das Letras, 1998.

Título original: Plata quemada
ISBN 85-7164-803-4

1. Romance argentino I. Título.

98-3056 CDD-ar863.4

Índices para catálogo sistemático:
1. Romances : Século 20 : Literatura argentina ar863.4
2. Século 20 : Romances : Literatura argentina ar863.4

1998

EDITORA SCHWARCZ LTDA.
Rua Bandeira Paulista, 702, cj. 72
04532-002 — São Paulo — SP
Telefone: (011) 866-0801
Fax: (011) 866-0814
e-mail: coletras@mtecnetsp.com.br

Este romance recebeu o Prêmio Planeta de Romance 1997 (Argentina) outorgado pelo seguinte júri:

Mario Benedetti
María Esther de Miguel
Tomás Eloy Martínez
Augusto Roa Bastos
Guillermo Schavelzon

a Gerardo Gandini

Que é roubar um banco
comparado com fundá-lo?

Bertolt Brecht

UM

São chamados de gêmeos porque são inseparáveis. Mas não são irmãos, nem são parecidos. Difícil inclusive encontrar dois sujeitos tão diferentes. Têm em comum o jeito de olhar, os olhos claros, calmos, com uma imobilidade perdida no olhar amedrontado. Dorda é gordo, tranqüilo, com uma cara rubicunda e sorriso fácil. Brignone é magro, ágil, leve, tem o cabelo preto e a pele muito branca como se tivesse passado na prisão mais tempo do que realmente passou.

Saíram do metrô na estação Bulnes e pararam diante da vitrine de uma loja de fotografias para terem certeza de que ninguém os seguia. Chamavam a atenção, eram extravagantes, pareciam uma dupla de lutadores de boxe ou uma dupla de empregados de uma agência funerária. Estavam vestidos com elegância, de escuro, com terno jaquetão, cabelo curto, as mãos muito cuidadas. Era uma tarde sossegada, uma dessas tardes limpas de primavera, com uma luz branca e transparente. As pessoas saíam dos escritórios e voltavam para casa, com ares concentrados.

Esperaram que o semáforo ficasse verde e cruzaram a avenida Santa Fe indo para a rua Arenales. Tinham tomado o metrô na Constitución e feito uma série de baldeações, vigiando se alguém os seguia. Dorda era muito supersticioso, estava sempre vendo sinais negativos e tinha múltiplas crendices que lhe complicavam a vida. Gostava de andar de metrô, caminhar sob a luz amarela das plataformas e dos túneis, subir nos vagões vazios e deixar-se levar. Quando estava em perigo (e estava sempre em perigo) sentia-se seguro e protegido viajando pelas entranhas da cidade. Era fácil se livrar dos agentes secretos. Bastava ficar até o último instante na plataforma vazia e deixar que o trem partisse para ter certeza de que estava salvo.

Brignone tentava acalmá-lo.

— Vai dar certo, está tudo sob controle.

— Não gosto que tenha tanta gente metida.

— Se tiver de te acontecer alguma coisa, vai acontecer do mesmo jeito, mesmo se não houver ninguém. Se você está com a urucubaca, não há quem te salve. Você pára e vai comprar cigarro, se desvia um minuto e babau.

— E para que querem nos juntar agora?

Um assalto, primeiro é preciso programá-lo, e depois é preciso se mexer depressa para impedir os vazamentos. Depressa quer dizer dois dias, três dias, desde que se tem a primeira informação até que se encontre um esconderijo em outro país. Sempre se tem de pagar, gastar grana, mas também correr o risco de que o informante venda a dica para outro grupo.

Iam para um esconderijo, os gêmeos, um apartamento da rua Arenales. Um lugar legal, num bairro seguro, na viela que dava para a fábrica de cerveja. Alugaram-no para ter um centro de operações de onde organizar as ações.

"É uma casa num bairro grã-fino, só um refúgio para armar o negócio e esperar", dissera-lhes Malito quando os contratou. Os gêmeos eram da alta bandidagem, uns sujeitos de ação, e Malito tinha apostado neles e lhes passou toda a informação. Mas sempre desconfiado, isto sim, Malito, cuidadoso às pampas com as medidas de segurança, com os controles, um doente, nunca se mostrava. Era o homem invisível, era o cérebro mágico, agia à distância, tinha circuitos e contatos e conexões estranhas, "a louca Mala", como lhe dizia o louco Dorda. Pois se chamava só Malito, esse era o seu nome. Em Devoto havia conhecido um tira que se chamava Carrasco, isso é pior. Chamar-se Carrasco, chamar-se Escravo, tinha um que se chamava Bicudo, com esses nomes, melhor se chamar Malito. Os outros tinham apelidos (Brignone era o Nene, Dorda era o Gaúcho Louro), mas Malito era o seu próprio pseudônimo. Cara de rato, olhinhos grudados no nariz, sem queixo, cabelo ruivo, muito sossegado, mãos de mulher, inteligentíssimo, entendia de motores, de tubulações, armava uma bomba em dois minutos, mexia os dedinhos assim, acertando o relógio, os vidrinhos com a nitroglicerina, tudo isso sem olhar, igual a um cego, mexendo as mãos como um pianista, e era capaz de mandar para os ares uma delegacia.

Malito era o chefe e tinha feito os planos e tinha estabelecido os contatos com os políticos e os tiras que lhe passaram os dados, os mapas, os detalhes, e a esses deviam entregar a metade da bolada. Havia muitos envolvidos no negócio mas Malito pensava que eles tinham dez ou doze horas de vantagem, que podiam deixar os outros a ver navios e se arrancar com toda a gaita e entrar no Uruguai.

Naquela tarde tinham se dividido em dois grupos. Os gêmeos foram ao apartamento da rua Arenales para repassar com cuidado todas as etapas da operação. Enquanto isso, Malito alugou um quarto num hotel defronte do lugar onde pensava realizar o assalto. Da janela do hotel via a praça de San Fernando e o edifício do Banco de la Provincia e tentava imaginar como iam ser a movimentação, a cronometragem da ação, a saída na contramão e o ritmo do tráfego.

A caminhonete IKA, propriedade do tesoureiro, ia avançar para a esquerda, seguindo a direção dos ponteiros do relógio, e era preciso entrar de frente e pará-la antes que ela cruzasse o portão de entrada da Prefeitura. A mão do trânsito obrigava-os a rodear toda a praça e barrar-lhe a passagem no meio do caminho. Precisavam matar o motorista e todos os guardas antes que pensassem em se defender, porque só tinham a seu favor a surpresa.

Algumas testemunhas garantem ter visto Malito no hotel com uma mulher. Mas outras dizem que só viram dois indivíduos e que não havia nenhuma mulher. Um dos dois era um magrinho nervoso, que se picava a toda hora, o Cambaio Bazán, que de fato nessa tarde estava com Malito no quarto do hotel em San Fernando vigiando o movimento do banco da janela que dava para a rua. Depois do assalto a polícia revistou o local e no banheiro encontrou as seringas e uma colher e os vidros abandonados. A polícia imaginou que o Cambaio era o jovem que desceu ao bar e pediu um fogareiro de álcool. As testemunhas se contradizem como sempre acontece, mas todas coincidem em que o rapaz parecia um ator e tinha um olhar perdido. Daí inferem que era o que se picava com heroína antes do assalto e o que teria pedido a panelinha para aquecer a droga. Mais adiante, as testemunhas começaram a chamá-lo "O Guri" e depois houve certa confusão entre Bazán e Brignone e várias garantiram que os dois eram um, a quem todos chamavam "O Guri". Um magro muito nervoso, que carregava a pistola na mão esquerda, com o cano apontado para cima, como se fosse um tira à paisana. Em situações como essa as pessoas sentem que o sangue se enche de adrenalina e se emocionam e se atrapalham porque presenciaram um fato ao mesmo tempo claro e confuso. Alguns viram um carro que cruzava diante da caminhonete IKA e ouviram um estrondo e um sujeito no chão que esperneava ao morrer.

Talvez tenham pensado em se refugiar no hotel depois do assalto se não conseguissem escapar. O mais provável é que houvesse dois caras controlando o banco, do hotel, e outros três que chegaram num Chevrolet 400 "envenenado", segundo todas as versões. Rápido como uma bala, o carro. Talvez um dos bandidos fosse mecânico e tivesse caprichado, deixando-o uma seda, o sedan, com o motor a mais de cinco mil giros.

San Fernando é um subúrbio residencial de Buenos Aires, com ruas tranqüilas e arborizadas, grandes mansões do início do século que foram transformadas em colégios ou que estão abandonadas no alto dos barrancos elevados que dão para o rio.

A praça estava tranqüila sob a luz branca da primavera.

Enquanto Malito e o Cambaio Bazán passavam a tarde e a noite da véspera no hotel de San Fernando, o resto da quadrilha se trancou no apartamento da rua Arenales. Tinham descolado um carro no interior e o guardaram na garagem do subsolo, e depois pela escada de serviço subiram com os equipamentos e as armas e ficaram ali, com as persianas abaixadas, esperando ordens e deixando as horas passar.

Não há nada pior do que a véspera, quando já está tudo pronto e só falta sair para a rua e atacar, porque a pessoa vira vidente, tem visões, qualquer coisa parece um sinal de má sorte, um alcagüete à cata de movimentações estranhas e que dá a dica para a polícia e te armam uma cilada ao chegar, por isso, se a pessoa tem "farinha ruim" (diz Dorda), tem que desmanchar tudo, começar de novo, deixar que chegue o mês que vem.

O transporte era sempre no dia 28 de cada mês, às três da tarde: a gaita ia do Banco de la Provincia para o prédio da Prefeitura. Um montão de grana, quase seiscentos mil dólares, que davam a volta no quarteirão, seguindo a mão da praça, da esquerda para a direita, ao todo eram sete minutos desde que apareciam com o dinheiro na porta do banco, colocavam-no na caminhonete IKA e entravam com ele no prédio da Intendência pelo portão dos fundos.

— Te digo uma coisa, meu irmão — sorriu para Dorda o Nene Brignone —, você nunca esteve metido numa coisa tão "científica" como esta, está tudo sob controle.

Dorda o olhava, desconfiado, e tomava cerveja no gargalo da garrafa, deitado no sofá, em mangas de camisa e sem sapatos, de cara para a televisão que brilhava sem som, no living que dava para a rua Arenales. O apartamento era silencioso, era novo, era a maior limpeza, papelada em ordem. Quem o alugou foi o chofer da quadrilha, o Corvo Mereles, para sua "noiva", disse, e no bairro todos pensavam que Mereles era um fazendeiro da província de Buenos Aires que sustentava a moça e sua família. Agora a família da noiva havia ido passear em Mar del Plata e o apartamento se transformou no que Malito chamava sua base de operações.

Tinham que tomar cuidado essa noite, não ser vistos, não falar com ninguém, ficar sossegados. Havia um telefone, embaixo, no segundo subsolo do edifício, e dali, a cada duas ou três horas, se comunicavam com o quarto do hotel em San Fernando. Malito tinha lhes dito:

— Usem sempre o telefone da garagem, jamais liguem do telefone da casa.

Tinha várias obsessões, Malito: o telefone era uma. Segundo ele, todos os telefones da cidade estavam grampeados. Mas tinha outras doidices, a louca Mala, segundo o biruta do Dorda. Não podia ver a luz do sol, não podia ver muita gente junta, o tempo todo estava lavando as mãos com álcool puro. Gostava da sensação fresca e seca do álcool na pele. O pai era médico, diziam, os médicos lavam as mãos com álcool, até o cotovelo, ao terminar as visitas, e ele pegou esse hábito.

— Todos os germes — explicava Malito — se transmitem pelas mãos, pelas unhas. Se a gente não desse a mão, morreriam dez por cento menos da população, que morrem por causa dos bichos.

Os mortos pela violência (segundo ele) eram menos da metade dos mortos por doenças contagiosas e ninguém botava os médicos na cadeia (Malito ria). Às vezes imaginava as mulheres e as crianças pela rua com luvas de cirurgião e máscaras antigermes, todos mascarados na cidade, para evitar as doenças e o contato.

Malito era de Rosario, tinha estudado até o quarto ano de engenharia e às vezes se fazia chamar o Engenheiro embora todos em segredo o chamassem o Varrido. Porque era doido mas também por causa das marcas que tinha no corpo, iguais a umas costuras, porque tinha sido varrido de uma delegacia de Turdera, depois de lhe darem umas lanhadas com os arames das molas de uma cama, um brutamontes da polícia do interior. Malito foi atrás dele e o pegou uma noite, quando o sujeito estava descendo de um ônibus em Varela, e o afogou numa vala. Botou-o de joelhos e enfiou-lhe a cara no barro e dizem que arriou suas calças e o violou enquanto o meganha se sacudia com a cabeça enterrada na água. Dizem, nunca se sabe. Um cara simpático, Malito, insinuante, meio velhaco. Há poucos como ele neste ambiente. Sempre consegue que os outros façam o que quer como se fosse idéia deles.

Por outro lado, nunca ninguém viu um sujeito com a sorte de Malito. Tinha um Deus só seu. Uma aura de perfeição que fazia com que todos quisessem trabalhar com ele. Por isso tinha montado em dois dias o assalto ao caminhão pagador da Prefeitura de San Fernando. Um negócio graúdo, que não é nenhuma brincadeirinha (segundo o Cambaio Bazán), com mais de meia milha em jogo.

Havia na época um telefone numa caixa de madeira, embaixo, na garagem do apartamento da rua Arenales, e dali ligaram para Malito, na noite da véspera.

Malito concebia o assalto como uma operação militar e lhes havia dado instruções rigorosas e os mancomunados passavam agora o plano em revista pela última vez.

O Corvo Mereles, um magro de olhos saltados, segurava uma folha com um mapa da praça e estava acabando de estudar os detalhes principais.

— Temos quatro minutos. O caminhão vem do banco e tem que dar a volta na praça por aqui. É isso ou não é?

O dedo-duro era um cantor de tangos conhecido pelo nome de Fontán Reyes; fora o último a chegar ao apartamento da rua Arenales, nervoso, pálido, e se sentara num canto. Depois da pergunta do Corvo, todos ficaram calados e olharam para ele. Então, Reyes se levantou e se aproximou da mesa.

— O caminhão vem com as janelas abertas — disse.

Era preciso fazer tudo à luz do dia, às 3h10 da tarde, no centro de San Fernando. O dinheiro dos salários saía do banco e era levado para o edifício da Prefeitura que ficava a duzentos metros. Pela mão do trânsito, o caminhão pagador tinha de rodear toda a praça.

— Leva em média de sete a dez minutos, dependendo do trânsito.

— E quantos são os guardas? — disse o Nene.

— Dois policiais, aqui e aqui. Um policial no caminhão, são três.

Estava nervoso, Reyes. Morto de medo, na verdade (segundo declarou mais tarde). Fontán Reyes era seu nome artístico, seu nome verdadeiro é Atir Omar Nocito e tem trinta e nove anos, havia cantado na orquestra de Juan Sánchez Gorio e se apresentado no rádio e na televisão, inclusive chegou a gravar um disco com dois tangos, "Esta noche de copas" e "Noche de locura", acompanhado pelo pianista Osvaldo Manzi. Seu momento de maior glória foi nos carnavais de 60, quando estreou com Héctor Varela como o sucessor de Argentino Ledesma. Depois começou a ter problemas com as drogas. Em junho viajou para o Chile formando uma dupla com Raul Lavié mas num mês sua voz acabou e ele ficou afônico. Cocaína demais, pensavam todos. A verdade é que teve de voltar e entrou numa fase de azar e terminou cantando numa cantina da rua Almagro acompanhado por violões. Ultimamente tinha descolado umas apresentações em festivais, bailes de clubes e turnês por gafieiras da Grande Buenos Aires.

A sorte é estranha, o mapa da mina chega quando ninguém espera. Uma noite, num boteco, foram procurá-lo para lhe passar uma informação e, como num sonho, ele ficou sabendo de uma movimentação muito grande de dinheiro, soube que podia tirar a sorte grande e se arriscou. Ligou para Malito. Queria entrar e sair, Fontán Reyes, mas nessa tarde no apartamento da rua Arenales sentiu que estava se envolvendo, não sabia como ir embora, tinha medo, o cantor, medo de tudo (em especial, disse, do Gaúcho Dorda, um pirado, um anormal), de que o matem antes de lhe dar a sua parte, de que o entreguem, de que a polícia o esteja usando como isca. Está desesperado, na lona, quer se safar. Seu sonho é dar o golpe de sua vida, cobrar e dar o fora, começar de novo, em outro lugar (mudar de nome, mudar de país), pensa abrir, com o dinheiro, um restaurante argentino em Nova York e trabalhar com a freguesia latina. Uma vez passou por Manhattan com Juan Sánchez Gorio e fizeram o maior sucesso no Charlie da rua 53 West, um restaurante cujo gerente era um cubano louco por tango. Precisava do dinheiro para instalar-se, porque o cubano lhe havia prometido ajudá-lo se chegasse a Nova York com capital, mas tudo era cada vez mais perigoso porque tivera de se misturar com aqueles caras que pareciam uns alucinados, como se estivessem sempre doidões. Riam à toa e não dormiam nunca. Uns caras barra-pesada, assassinos, gostam de matar por matar, não dava para confiar.

Seu tio, Nino Ñocito, era um cacique do peronismo proscrito da Zona Norte, dirigente da Unión Popular e presidente interino do Conselho Municipal de San Fernando. Uns dias antes casualmente seu tio havia assistido a uma reunião da comissão de finanças e se inteirado de tudo. Nessa noite, foi escutar o sobrinho cantar num botequim mal-afamado na rua Serrano com Honduras, e na segunda garrafa de vinho começou a fazer farol.

— Fontán... são no mínimo cinco milhões.

Precisavam contratar uma gangue de absoluta confiança, um grupo de profissionais que se encarregasse da operação. Reyes tinha que garantir que o tio ficaria protegido.

— Ninguém tem de saber que estou metido nisso. Ninguém — disse Nocito. Tampouco queria saber quem ia se ocupar do serviço. Só queria a metade da metade, ou seja, queria limpos setenta e cinco mil dólares (segundo os seus cálculos).

Fontán Reyes devia esperá-los numa casa em Martínez onde eles iam se refugiar depois do assalto. Calcularam que em meia hora tudo estaria terminado.

— Se não chegarmos em meia hora — disse o Corvo Mereles —, quer dizer que vamos para o segundo aparelho.

Fontán Reyes não sabia onde ficava o segundo aparelho e tampouco sabia o que queria dizer essa palavra. Malito tinha aprendido o sistema com Nando Heguilein, um ex-integrante da Aliança Libertadora Nacionalista, de quem ficou amigo uma vez em que esteve preso em Sierra Chica. Uma estrutura celular impede as quedas em cadeia e lhe dá tempo de escapar (diz Nando). É preciso que a retirada esteja sempre coberta.

— E aí? — disse Fontán Reyes. — Se vocês não chegarem?

— Aí — disse o Gaúcho Louro —, você se esconde, Catalina.

— Quer dizer que houve algum problema — disse Mereles.

Fontán Reyes viu as armas amontoadas em cima da mesa e pela primeira vez se deu conta de que tinha jogado tudo num cara ou coroa. Até então havia dado cobertura para uns trabalhos sujos de seus amigos. Tinha-os escondido, depois de um assalto, em sua casa de Olivos, tinha levado pó para Montevidéu e tinha vendido uns "papelotes" nos botecos do porto. Trabalho leve, mas desta vez era diferente. Havia trabucos, haveria mortos, ele era um cúmplice direto. Claro que se arriscava em troca de uma bolada.

— Por baixo — dissera-lhe o tio —, é um milhão de pesos por cabeça.

Com cem mil dólares podia abrir o botequim em Nova York. Um lugar para se aposentar e viver tranqüilo.

— Você tem para onde ir esta noite? — perguntou-lhe Mereles, e Fontán Reyes se assustou.

Ia esperá-los num lugar que ninguém conhecia e ia telefonar para eles.

— A operação deve durar seis minutos — insistiu o Nene. — Mais que isso é muito perigoso porque tem duas delegacias num raio de vinte quadras.

— O segredo — disse Fontán Reyes — é não pintar vazamento.

— Você fala como se fosse um encanador — disse Dorda.

Nisso, abriu-se a porta e uma moça loura, quase uma menina, vestindo minissaia e uma blusinha florida, entrou na sala. Estava descalça e se abraçou com Mereles.

— Tem aí, papai? — disse.

Mereles entregou-lhe um vidro com cocaína e a moça foi para um canto e começou a batê-la em cima de um espelhinho, com uma gilete. Depois aqueceu-a com um isqueiro, enquanto cantarolava "Yesterday", de Paul McCartney. Tinha uma nota de cinqüenta pesos enrolada como um canudinho que enfiou no nariz e aspirou com um ronco suave. Dorda olhou-a de soslaio e percebeu que a garota não usava sutiã, viam-se os seus peitinhos sob a blusa leve.

— Leva em média dez minutos, dependendo do trânsito.

— Vêm dois guardas e um tira — recitou Brignone.

— Tem que matar todos eles — disse Dorda de repente. — Se você deixar testemunhas te encanam porque é tudo da polícia.

A vida da garota tinha mudado de repente e ela acompanhava o papo com a certeza de que outra oportunidade como aquela não ia se repetir em sua vida. Chamava-se Blanca Galeano. Em janeiro tinha viajado sozinha para Mar del Plata para visitar uma amiga e comemorar por ter passado nos exames de dezembro do terceiro ano do ginásio. Uma tarde, na avenida à beira-mar, conhecera Mereles, um sujeito magro e elegante que estava hospedado no Hotel Provincial. Mereles se apresentou como filho de um fazendeiro da província de Buenos Aires, e Blanquita acreditou. Tinha quinze anos recém-feitos e quando soube quem era o Corvo Mereles e a que se dedicava, já não deu a menor bola. (Pelo contrário, gostou mais ainda dele, se entusiasmou loucamente pelo bandido que a enchia de presentes e lhe fazia todas as vontades.)

Começou a viver com ele, e os sujeitos da gangue a olhavam como se fossem cães famintos. Uma vez tinha visto num potreiro uma matilha de cães mortos de fome presos a uma corrente, e que se atiravam para cima de tudo o que se mexia e se estranhavam entre si, e agora teve a mesma impressão. Quando Mereles os soltasse, viriam para cima dela. E um dia, mais cedo ou mais tarde, ia acontecer. Imaginou-os olhando para ela enquanto desfilava nua, de salto alto, e depois se viu na cama com o Nene, como às vezes Mereles a incitava. Quer que eu traga ele aqui, lhe dizia o degenerado, e ela se excitava. Gostava do moreninho, tão pálido, parecia ter a idade dela. Mas era uma bichona (segundo o Corvo). Ou você gosta do grandalhão, dizia Mereles, olha só como ele é um gaúcho abrutalhado, e Blanca ria, e se atirava para cima dele. "Me dá", dizia. "Papaizinho." Nua, de salto alto, passeava a Garota, ele a imobilizava contra o espelho, ela se apoiava na banqueta, curtindo.

Não queria saber o que estavam planejando e voltou para o quarto. Estavam tramando algum lance da pesada (porque algum lance sempre tramavam quando se juntavam para falar em voz baixa e passavam dias sem sair de casa). Tinha que estudar porque ficara pendurada em duas matérias e queria terminar o secundário. Ia ficar com Mereles uns meses, uma espécie de férias, e depois tudo voltaria a ser como antes. "Você tem que aproveitar agora que é jovem", disse-lhe a mãe quando ela começou a pedir dinheiro. O pai, Antonio Galeano, vivia no mundo da lua, não sabia de nada, trabalhava nas Obras de Saneamento, no prédio que parecia um palácio, na rua Río Bamba esquina com Córdoba. Quem desconfiou de tudo, depois, foi a mãe, vivia se queixando do pai, que só ganhava o estritamente necessário para viverem, e quando descobriu começou a ficar sozinha com a garota para que ela lhe contasse. As filhas fazem sempre o que as mães querem. E quando conheceu Mereles, a mãe sentiu os olhos de tarado do Corvo nas suas tetas e começou a rir. A garota olhou para ela e soube que também podia ter ciúmes da mãe. "Parecem irmãs", disse Mereles, "permita-me que lhe dê um beijinho."

— Claro, querido — disse a mãe —, você tem que me cuidar da Blanquita, veja lá, se o pai fica sabendo...

— Fica sabendo o quê?

Que era casado. Casado e separado e sempre com umas negras ordinárias que pegava nos inferninhos da zona.

A Garota se jogou na cama com o livro de matemática e começou a pensar numa coisa qualquer. Mereles tinha lhe prometido levá-la ao Brasil para assistir ao carnaval. Do outro lado da porta haviam baixado a voz e não se ouvia nada até que de repente deu para ouvir umas risadas.

Dorda parecia meio pirado e era um derrotista e via tudo negro e sempre fazia piadas catastróficas e por isso no final todos se divertiam com ele.

— Vão nos fechar na saída da praça e vamos ficar encalacrados e vão matar a gente que nem passarinho.

— Não seja agourento, Gaúcho — disse o Corvo —, que quem vai dirigir é o papai aqui e vai tirar você pela calçada desviando dos tiras.

Dorda começou a rir, achava graça na visão do carro saindo na contramão pela calçada em direção à praça no meio dos tiros e dos mortos.

DOIS

O dia do assalto amanheceu limpo e claro. Às 15h02 da quarta-feira 27 de setembro de 1965, o tesoureiro Alberto Martínez Tobar entrou no cofre da sucursal do Banco de la Provincia de Buenos Aires em San Fernando. Era um sujeito alto, de cara avermelhada e olhos saltados, que tinha acabado de fazer quarenta anos e a quem só restavam duas horas de vida. Fez brincadeiras com as moças da contabilidade e foi para o subsolo onde estavam a caixa de segurança e a mesa preta com as sacolas cheias de dinheiro. Os empregados em mangas de camisa contavam cédulas, sob a luz artificial e o barulho dos ventiladores. Uma sepultura debaixo da terra, uma prisão cheia de dinheiro, havia pensado o tesoureiro. Ele passara toda a sua vida em San Fernando e seu pai também havia trabalhado na Prefeitura. Tinha uma filha com problemas nervosos e tratar dela lhe custava uma fortuna. Várias vezes pensou que era possível roubar o dinheiro que lhe entregavam todo mês. Havia inclusive comentado com a mulher.

Às vezes acha que teria de levar uma sacola igual e enchê-la de dinheiro falso. Substituir uma pela outra e sair tranqüilamente. Precisava chegar a um acordo com o caixa, que era um amigo de infância. Dividiriam o dinheiro e continuariam a viver uma vida normal. A fortuna era para os filhos. Imaginava o dinheiro guardado numa gaveta secreta do guarda-roupa, o dinheiro investido, com nome falso, num banco suíço, o dinheiro escondido no colchão, imaginava que dormia com as notas debaixo do travesseiro, que as ouvia estalar quando ficava se virando nas noites de insônia. Nessas noites, quando não conseguia dormir, contava à mulher como imaginava fazer a troca. Falava no escuro e ela o escutava, impressionada. Era uma idéia que o ajudava a viver e conferia certo espírito de aventura e certo interesse pessoal à transferência de dinheiro que fazia todos os meses.

Naquela tarde pôs a pasta em cima da mesa e o empregado com a viseira verde olhou o recibo com as assinaturas e os carimbos e começou a separar maços de dez mil. Era uma pilha de dinheiro, 7 203 960 pesos para pagar os salários do pessoal e as despesas com as obras de saneamento do município. Foram colocando os maços de notas novas na pasta de couro preto, gasta pelo uso, com fole e bolsos laterais.

Antes de sair do banco, Martínez Tobar respeitou as medidas de segurança e prendeu a maleta no pulso esquerdo com uma correntinha fechada por um cadeado. Depois alguém disse que essa precaução inútil lhe tinha custado o que tinha custado.

Quando chegou à rua, não viu nada; ninguém vê nada nos momentos que antecedem um assalto. Há um vento que se levanta de repente e o sujeito está caído, com uma paulada na cabeça, sem saber o que aconteceu. Quando alguém vê movimentação suspeita, é um apavorado que já sofreu alguma coisa antes e que agora imagina que aquilo vai lhe acontecer de novo.

Martínez Tobar olhou o que sempre olhava sem ver, a mulher com o carrinho de feira, o menino que corria com o cachorro, o quitandeiro que abria a loja depois da sesta, mas não viu o Cambaio que estava de olheiro no bar, parado e encostado no balcão, tomando uma genebrinha e espiando as pernas da moça grávida que saía da loja ao lado. Excitava-se com as grávidas, o Cambaio, e se lembrou da senhora com quem trepava quando era recruta, numa casa na rua Saavedra, enquanto o marido estava no escritório. Ele a paquerara num metrô, quando lhe deu o lugar e a senhora começou a falar e agradecer. Tinha a idade do Cambaio, vinte anos, e uma gravidez de seis meses e a pele esticada, parecia transparente, e ele tinha que fodê-la em posições esquisitas, imobilizava-a com um pé em cima da cama e ela virava o rosto e lhe sorria. Distraiu-o pensar na mulher grávida da Saavedra, que se chamava Graciela ou Dora, mas logo tornou a ficar tenso porque viu o sujeito sair do banco com a pasta e a gaita. Olhou o relógio. Cronometrado e exato.

Os dois policiais da segurança conversavam na calçada e o outro empregado da Prefeitura, Abraham Spector, enorme e pesado, amarrava com dificuldade os sapatos apoiado no pára-lama da caminhonete IKA. A praça estava tranqüila, tudo calmo.

— Que está fazendo, gordo? — disse o tesoureiro, e depois cumprimentou os dois seguranças e subiu na caminhonete.

No banco traseiro iam os guardas, uns sujeitos com cara de sono, gordos, com as armas em cima das pernas, ex-gendarmes, antigos tiras, suboficiais da reserva, sempre tomando conta do dinheiro alheio, das mulheres alheias, dos carros importados, das mansões, cães fiéis, de toda confiança, armados, sempre apetrechados para manter a ordem, um se chamava Juan José Balacco, tinha sessenta anos e era ex-delegado, e o outro era um tira legal da Primeira Delegacia de San Fernando, um grandão de dezoito anos, Francisco Otero, a quem chamavam Ringo Bonavena porque queria ser lutador de boxe e treinava toda noite no ginásio do clube Excursionistas com um japonês que lhe havia prometido torná-lo campeão argentino.

Tinham que percorrer os duzentos metros que separavam a agência do banco (numa esquina da praça) e a Prefeitura (que fica na outra esquina).

— Estamos um pouco atrasados — disse Spector.

O tesoureiro ligou o carro. O veículo avançou pela rua Tres de Febrero em marcha lenta e quando virou na esquina houve um barulho de pneus cantando no asfalto e ouviu-se um motor que acelerava.

Um carro veio para cima deles, na contramão, de banda, como desgovernado, e parou de estalo.

— O que é que esse maluco está fazendo? — disse, ainda achando graça, Martínez Tobar.

Dois sujeitos pularam para a calçada e um enfiou uma meia de mulher no rosto (dizem as testemunhas). Tinha uma tesoura e esticou a malha com a ponta dos dedos e fez dois buracos na altura dos olhos com a meia já posta.

Spector era um grandalhão, com jeito de desamparado, e vestia uma camisa listrada, manchada de suor. Dos quatro que iam na caminhonete IKA foi o único que se salvou. Jogou-se no chão e lhe deram um tiro de cima mas acertou na tampa de aço do relógio de bolso e a bala se desviou. Um milagre (que usasse o relógio de bolso do pai). Ficou sentado na calçada do banco, sufocado, vendo as pessoas correr e as ambulâncias passar. Os jornalistas já rondavam pelo local e os policiais isolaram a rua. Então parou uma radiopatrulha e desceu o delegado Silva. Era o chefe de polícia da Zona Norte da Grande Buenos Aires e o responsável pela operação. Desceu do carro, vestido à paisana, com uma pistola engatilhada na mão esquerda, na direita um walkie-talkie por onde se ouviam vozes dando ordens e ditando números, e se aproximou de Spector:

— Acompanhe-me — disse.

Depois de um instante de indecisão, Spector se levantou, lento e assustado, e o seguiu.

Providenciou-se a exibição, diante da testemunha, de diferentes fotografias de assaltantes, bandidos e outros elementos do mundo do crime que pudessem ser autores do ocorrido em função das características do mesmo. Vítima de grande confusão, a testemunha não chegou a reconhecer nenhum rosto (disseram os jornais).

Quando o carro cruzou na frente deles, Spector viu que eram 15h11 no relógio da Prefeitura.

Um indivíduo alto, de terno, desceu do carro e com as duas mãos enfiou uma meia de mulher na cara, como quem baixa uma cortina, e depois se agachou no banco do automóvel e quando se levantou tinha uma metralhadora na mão. Parecia de borracha, sem forma, a cara, de cera, um batume de abelhas grudado na pele que o fazia respirar forte, como um fole, e a voz saía entrecortada, falsa. Parecia um boneco de madeira, um fantasma.

— Vamos, Nene — disse Dorda, aspirando, como se estivesse sufocado. E ao que dirigia disse: — Voltamos já... — E Mereles acelerou, e o motor envenenado, um Chevrolet com motor de corrida, com as oito velas escovadas e o cárter baixo, rugiu no silêncio da sesta, na praça da Intendencia, em San Fernando.

O Nene tocou na medalhinha da Virgem para dar sorte e pulou para a rua. Era tão magro e tão frágil e estava tão drogado que parecia um doente, um tísico como chamavam antigamente os bandidos (mau como um tísico), mas empunhava muito determinado a Beretta 45 com as duas mãos e quando um dos guardas se mexeu, enfiou-lhe um tiro na cara. O balaço soou seco, irreal, como um galho partido.

Dorda estava com a meia de mulher grudada na cara e respirava pela malha que ficava entrando em sua boca. Por ali viu um sujeito descendo da caminhonete e começou a atirar.

Dois velhos que tomavam sol nos bancos da praça e um freguês que lia o jornal, sentado numa mesa, encostado na janela do bar defronte, viram quando dois dos três homens que ocupavam o Chevrolet 400, placa da província de Buenos Aires, armas na mão, saltaram do carro.

Pareciam enfurecidos e apontavam para todo mundo, varrendo o ar em semicírculo, enquanto se aproximavam, em câmara lenta, da caminhonete. O mais alto (dizem as testemunhas) usava uma meia de mulher na cabeça, mas o outro estava com o rosto à mostra. Era um magrinho com cara de anjo, que todas as testemunhas começaram a chamar "O Guri". Saiu do carro, sorriu e logo apontou sua metralhadora para a parte traseira da caminhonete e disparou uma rajada.

Da praça, um dos aposentados que tomavam sol viu como os corpos ricocheteavam nos assentos e viu sangue no vidro das janelas. "O gordo estava vivo quando parou o tiroteio", declarou um dos velhos, "tentou abrir a porta e escapar e nisso viu que se aproximava o sujeito com a meia de mulher na cara, que ia andando para a caminhonete pelo meio da rua, e se jogou na calçada." Era um corpo enorme, o gordo Spector, caído contra o automóvel, ao sol.

Várias vezes pensou que iam matá-lo. Lembrava-se da cara do moreninho que o olhara com um brilho de ironia. Spector fechou os olhos disposto a morrer, mas sentiu como que um pontapé no peito e foi salvo pelo relógio de aço que o pai lhe deixara.

Os assaltantes que conseguiu ver eram dois homens moços, vestidos de terno azul. Usavam o cabelo cortado ao estilo militar, muito curto. Quando os tiros pararam, só pensou em correr até o banco para pedir ajuda.

Agora estava nervoso porque temia que a polícia o acusasse de ser o informante.

— O senhor viu de perto os assaltantes.

Não era uma pergunta, mas Spector respondeu.

— Um era moreno e o outro era louro, os dois eram jovens e com cortes de cabelo de tipo militar.

— Descreva-o.

Descreveu-o. Aquele era o Cambaio Bazán.

— Estava no bar e atravessou a praça com um revólver na mão.

— Ou seja, tem o que dirige, o que usa uma meia na cara, o louro e há outro.

Balançou a cabeça, obediente, Spector. Se lhe diziam que eram quatro ia jurar que eram quatro.

O sujeito do rosto tapado com uma meia andava tranqüilo pelo meio da rua e parecia sorrir, mas talvez fosse a careta que lhe deixava a máscara de seda, que usava presa em cima da cabeça com um lacinho. Martínez Tobar estava ferido, caído no chão, dobrado, apoiado sobre o lado esquerdo, com a pasta amarrada ao pulso, e não viu quando o Nene tirou o alicate de bico curvo e cortou a corrente e levou a pasta com a grana e ao recuar lhe deu um tiro no peito. Tampouco viu quando o Gaúcho de cara tapada com a meia liquidou o policial com um tiro na nuca.

Tinha-o matado, o Gaúcho Dorda, porque lhe deu na telha, não porque o policial significasse uma ameaça. Tinha-o matado porque odiava a polícia mais do que qualquer outra coisa no mundo e pensava de um modo irracional que todo policial que ele matasse não seria substituído. "Menos um", era o lema do Gaúcho, como se fosse diminuindo a tropa de um exército inimigo cujas forças não podiam ser renovadas. Se matassem policiais o tempo todo, rapidinho, sem repugnância, como quem caça pardais, os merdas com alma de tira (que nascem com alma de tira, de escrotos) iam pensar duas vezes antes de se deixar levar por sua vocação de carrascos, iam ter medo de virar presunto e aí então (concluía) cada dia a justa ia ter menos gente. Pensava assim, mas de um modo mais confuso e mais lírico, como num sonho em que matava os tiras num descampado com uma escopeta; era nessa linha que o Gaúcho Louro imaginava sua guerra pessoal contra os samangos.

Matar assim, a frio, porque lhe deu na telha, significava em compensação (para a polícia) que os caras não iam respeitar nenhum dos acordos implícitos que regem a lei não escrita entre a bandidagem e a pivetada, já que estes eram uns pintas-bravas, eram uns bestalhões, uns ex-condenados, uns marmanjos que se arriscam e pouco ligavam se toda a polícia da província de Buenos Aires fosse para cima deles.

A confusão indescritível resultante do pérfido ataque não permitiu, nos primeiros momentos, estabelecer o que havia acontecido (diziam os jornais). Foi uma rajada de violência brutal, um estrondo cego. Uma batalha concentrada, que durou o tempo que leva um semáforo para passar do verde ao vermelho. Foi um instante, e depois a rua ficou cheia de cadáveres.

Os tiros à queima-roupa mataram na hora o agente Otero e feriram gravemente no tórax o tesoureiro Martínez Tobar e na perna direita o responsável pela segurança Balacco, que foi liquidado a frio por um dos bandidos. Quanto ao empregado Spector, tonto e confuso, correu para o banco para pedir socorro.

Mais tarde foi possível constatar (segundo o relatório do delegado Silva) que o agente Otero tampouco poderia, se saísse ileso do ataque, usar sua pistola regulamentar, pois uma das balas dos criminosos acertou a arma, inutilizando-a. Quanto à metralhadora que usavam para proteger o transporte de dinheiro, estava num compartimento superior da caminhonete e ninguém pôde pegá-la.

Os que haviam presenciado o tiroteio andavam pelo local, como que adormecidos, alegres por terem saído ilesos e horrorizados com o que tinham visto. Uma tarde calma pode virar de repente um pesadelo.

A rajada de tiros disparados pelos assaltantes também atingiu Diego García, que saía de um bar nas imediações do tiroteio. Foi levado para o hospital onde morreu pouco depois. Soube-se que vivia em Haedo e que tinha viajado a

San Fernando por causa de um anúncio que pedia marceneiros ebanistas. Parou no bar da praça para tomar uma aguardente e quando saiu para se apresentar na serraria foi morto por uma bala perdida. Tinha vinte e três anos e no seu bolso encontraram doze pesos e uma passagem de trem.

Uma versão assinala que alguns policiais de plantão no edifício municipal chegaram a trocar tiros com os bandidos, mas isso não pôde ser confirmado.

Viu-se que um dos assaltantes era ajudado para entrar no carro, presumindo-se (segundo a ocorrência policial) que estava ferido. Viram o sujeito com rosto mascarado puxar uma sacola branca, de lona, pela porta traseira do carro que já estava andando e desfechar em seguida outra descarga em leque enquanto o Chevrolet saía a toda velocidade pela rua Madero, na contramão, rumo a Martínez, ou seja, à capital.

O carro saiu a mil por hora, em ziguezague, buzinando a torto e a direito para abrir caminho, dois dos assaltantes iam na janela com metade do corpo para fora e as metralhadoras na mão, disparando para trás.

— Enfia o pé, vamos nessa — gritava o Nene, e Mereles dirigia muito concentrado, caído para a frente, a cara contra o pára-brisa, sem considerar (disse uma testemunha) a existência de outros automóveis ou de crianças que saíam da escola e sem respeitar as luzes vermelhas que interrompiam o tráfego na avenida, olhando só para uma linha imaginária da rua que os levava à liberdade, ao apartamento da rua Arenales onde os esperava a Garota estudando matemática na cama. O Chevrolet voava com o Corvo ao volante, e os carros tinham de se jogar para o lado e deixá-lo passar.

Os vizinhos pelas janelas entreabertas viam passar, como um foguete, o carro preto, jogavam-se no chão, encostavam-se nas árvores, paralisados de terror, nas calçadas as mães com os filhos pela mão. Quando a gente acompanha um cortejo fúnebre e olha pela janela vê as pessoas tirando o chapéu (se usam chapéu) e se benzendo, silenciosas e lentas diante da passagem do féretro. Os parentes vêem a sucessão de figuras coladas à parede, na calçada, que cumprimentam, mas agora de dentro do carro era divertido ver a debandada (via o Nene), os patetas se jogavam no chão, se escondiam nas entradas das casas, eram figurinhas que se afastavam para deixar a água passar.

— Está tudo aí? — gritou Mereles, pálido na luz da tarde. Dirigia o Chevrolet e cruzava a avenida como uma bala, a toda. Apalpou sem olhar a sacola que tinha ao lado e tocou no dinheiro. — A gaita? Está toda aí? — Ria, Mereles.

Não a haviam contado mas pesava como se fosse feita de pedra, a sacola de lona com a gaita. Blocos de cimento laminado, folhas finas, todas as notas, na sacola de lona, amarrada com uma corda naval.

— Temos grana até o pescoço — Dorda estava com a camisa manchada de sangue, um tiro o pegara de leve no pescoço, de raspão, e estava ardendo. — Mas nos salvamos, Nene, agora a gente tem que chegar — disse o Gaúcho Louro olhando pelo espelho retrovisor do Chevrolet.

— Toda a gaita do mundo — e apalpou a coca. Passavam o pó nas gengivas, não podiam cafungar naquela velocidade, metiam a mão como uma garra na bolsinha que estava pendurada no assento e pegavam o brilho com dois dedos em forma de gancho e passavam nas gengivas e depois na língua. Grana é que nem droga, o fundamental é *tê-la*, saber que está ali, tocá-la, vasculhar no armário, entre a roupa, a sacola, ver que tem meio quilo, que tem cem mil mangos, ficar tranqüilo. Só então dá para continuar vivendo.

Não há nada como voar num carro envenenado, com injeção dupla e o pé no acelerador, o volante grudado nas mãos e transportar consigo a grana para viver em Miami ou em Caracas, no maior luxo.

— Tem um ferry que leva a gente até o Uruguai. São duas horas, duas horas e dez para atravessar o charco —

disse o Nene. Era uma pergunta? Ninguém respondeu. Cada um estava curtindo o seu barato e falava ao léu, como quem corre sozinho por uma via férrea no meio do campo com o trem atrás. — Passamos por Colonia, são duas horas. Pelo Tigre, vamos até lá, catamos uma lancha, alugamos o ferry, compramos um avião, heim, meu amor? — O Nene ria, e pegava cocaína com a mão feito uma garra na sacola de papel pardo. Ficava com a língua dormente, e o céu da boca, e sua voz saía esquisita. — Do jeito que estou embalado... — disse o Gaúcho. — Atravesso a nado... a nado.

— Olha aí, os trilhos da estrada de ferro... olha o filho da mãe do guarda-barreira.

— Deixa comigo.

Passou o corpo pela janela, Brignone, quando o viu, Dorda fez o mesmo do outro lado.

Cortaram a tiros de metralhadora as cancelas abaixadas da passagem de nível.

Os estilhaços voavam, a madeira quebrada.

— Não imaginei que as barreiras fossem tão mixurucas — ria o Nene Brignone.

— Puseram a metade do corpo para fora da janela e serraram tudo direitinho — disse o guarda-barreira.

Tanto o empregado ferroviário como seu amigo de vinte anos que o acompanhava não puderam fazer uma descrição coerente dos assaltantes, dado o seu estado de espírito.

"Na fuga, deram com as cancelas da passagem de nível da rua Madero fechadas e sem parar o carro cortaram-nas com a metralhadora" (segundo os jornais).

— Iam dois atrás e um na frente, com o rádio a todo volume e buzinando.

— A radiopatrulha os seguia a cinqüenta metros.

— Parece impossível que tenham conseguido escapar.

Dois caras pendurados nas laterais do carro com a matraca na mão.

Segundo algumas testemunhas, entre os ocupantes do Chevrolet parecia haver um ferido apoiado nos companheiros. Além disso, o vidro traseiro do carro estava estraçalhado pelas balas.

O carro vinha pela avenida del Libertador tocando buzina e conseguindo abrir caminho no trânsito mas no cruzamento da Libertador com a Alvear deram de cara com um posto da polícia rodoviária, que tinha sido alertada.

O agente Francisco Núñez quis impedir a passagem do automóvel e pulou para a rua mas do carro partiu mais uma rajada que o jogou contra a parede. Sem diminuir a marcha, voltaram a usar a metralhadora e desfecharam uma rajada contra a frente do prédio policial.

O Chevrolet passou a toda velocidade com os bandidos disparando contra a delegacia. Três policiais embarcaram numa radiopatrulha e começaram a persegui-los com a sirene tocando.

O Corvo Mereles dirigia muito concentrado. Era viciado em Florinol. Tomava quase um vidro por dia e isso lhe dava uma visão tranqüila da vida. O Florinol é um calmante que, tomado em grandes doses, age quase como o ópio; ele adquirira esse hábito em Batán, onde circulava como um remédio permitido que os médicos podiam receitar e os enfermeiros trocavam por dinheiro ou mulheres. O trâmite era simples, as mulheres dos presos eram muito melhores do que as esposas dos carcereiros e então havia um tráfico, uma transação. As visitas eram na verdade para mostrar as potrancas, como dizia Mereles. Suas namoradas, suas amigas, as moças que sempre querem andar por algum tempo com um bandido que lhes faça todas as vontades iam para a cama com um samango se fosse preciso, com um infiltrado, em suma, uma trepadinha em pé na sala dos guardas. Uma tarde o Corvo conseguira que sua namorada da época, a Bimba, maravilhosa, divertida, muito sirigaita, interessasse ao diretor do presídio de Batán. Um gordinho carrasco que os fazia sofrer mas que quando a viu entrar, loura, a bundinha apertada nos jeans e uma camiseta bordada, perdeu a cabeça. Por aí é que havia entrado o Florinol e o pó. Já não se lembrava da continuação da história. Bimba talvez tenha ficado com o sujeito, e ele foi posto em liberdade em seis meses. A cabeça dele se esvaziava, estava vazia, e não podia saber o que realmente acontecera, mas *por isso mesmo* era um motorista *excepcional*, com a mente desocupada, um sangue-frio que ninguém era capaz de igualar. Dirigia dopado com Florinol e podia jogar-se pra cima de um caminhão semi-reboque e obrigá-lo a se desviar e parar no acostamento. Uma vez até fugiu para Mar del Plata num carro roubado com sua namorada e a mãe de sua namorada e começou a dirigir pela pista contrária da rodovia 2 e os carros se jogavam no acostamento buzinando e a Garota ria e tomava Toddy. Tinha paixão por Toddy, a Blanquita (cada um tem seu combustível, dizia, hermético, Mereles). Falava de um modo estranho e custou bastante para entender como se formavam as palavras. Pelo som. Soavam sempre serenas sem ser ouvidas. Que combustível, aquela garota com o Toddy.

Ao chegarem à esquina da avenida del Libertador com a Aristóbulo del Valle a sorte que os acompanhava pareceu abandoná-los. A uns cento e cinqüenta metros da patrulha rodoviária de Martínez o Chevrolet bateu depois de um novo tiroteio em que ficou ferido um policial. O carro dos bandidos (segundo a ocorrência policial) efetuou um espetacular cavalo-de-pau correndo o sério risco de capotar, o que não chegou a acontecer. O carro ficou atravessado na rua, embicado em sentido contrário ao de sua direção, incrustado numa saliência do esgoto, com o vidro traseiro totalmente destruído e com uma grande mancha de sangue no lado esquerdo do banco de trás. Passavam-se os minutos e ninguém saía do carro.

Busch, um comerciante local, que vinha dirigindo muito tranqüilo pela avenida del Libertador em sentido contrário, viu o carro parado com o motor ligado e um homem que saía com a mão no pescoço como se estivesse machucado, e imaginou que tinha havido um acidente.

Os hábitos do sr. Eduardo Busch eram tão regulares quanto os poás brancos do tecido estampado dos vestidos que vendia. Mas naquele dia ele se atrasou dois minutos porque faltou água quando estava tomando banho. Ficou debaixo do chuveiro com a impressão de que alguém quisera prejudicá-lo, e finalmente saiu e se enxugou e sua mulher lhe disse que estava faltando a água. Nascera na mesma casa onde agora vivia e nunca tinha mudado de bairro. Conhecia os sons, o movimento cambiante das horas, e nesse dia teve a impressão de escutar algo estranho (estrondos distantes, murmúrios), mas não ligou. Ultimamente estava mal-humorado porque as coisas não andavam nada bem. Saía sempre às duas e meia e às dez para as três estava abrindo a loja mas nessa tarde se atrasou um pouco e o atraso (mínimo, casual) mudou tudo. Deu-lhe oportunidade de ter uma história para contar pelo resto de sua vida. Quando dobrou na rua Madero pensou que havia uma batida e viu um carro com o motor ligado e um sujeito descendo do carro com uma sacola na mão.

Parou, porque era um bom vizinho, e viu o Nene que virou para ele e lhe sorriu enquanto puxava com a mão esquerda uma Beretta 45.

— Veio em minha direção e pensei que ia me matar. Demorou um tempão para chegar até o meu carro. Parecia um garoto e estava com uma cara desesperada.

O Nene abriu a porta e Busch desceu, de mãos para o alto. Mais dois sujeitos saíram do carro e entraram no Rambler. Arrastavam sacolas de lona e tinham muitas armas mas tudo foi tão rápido e tão confuso, como num sonho, declarou o sr. Busch. Assim é que acontecem as desgraças, são algo que nunca imaginamos, raciocinou, filósofo.

— Jamais vou deixar de pensar que é preciso ajudar ao próximo, mesmo tendo surpresas como essa — disse.

"Um era moreno e o outro era louro, os dois eram jovens e com cortes de cabelo de tipo militar. Havia um terceiro com uma meia de mulher na cara." Todas as descrições coincidem mas não servem para nada.

Levaram-lhe o Rambler de cor clara que ele havia comprado no ano anterior. Com esse carro os assaltantes continuaram a fuga.

Pegaram a Libertador e depois de chegarem a toda a velocidade à avenida Santa Fe, onde escaparam por milagre de outro acidente ao aparecer em marcha lenta uma Estanciera, avançaram o sinal vermelho e se enfiaram pela Panamericana, por onde se foge fácil da região.

A essas alturas toda a polícia rodoviária já estava de prontidão, bem como os postos de vigilância nas entradas da Capital Federal. Também havia sido alertado o comando de rádio da polícia federal.

No entanto, nem os postos fixos nem as patrulhas móveis que percorriam a Zona Norte dos subúrbios da cidade conseguiram encontrar a pista do Rambler roubado pelos bandidos. Inúmeras equipes da polícia provincial patrulhavam naquela noite uma ampla zona da Grande Buenos Aires.

TRÊS

Os jornais da noite trouxeram manchetes catastróficas da notícia. As primeiras hipóteses faziam pensar num ataque tipo comando. Os investigadores associam o roubo ao assalto realizado meses antes por um grupo nacionalista na Policlínica Bancária. Havia, segundo os entendidos, elementos comuns: gente de "Tacuara" ou da resistência peronista, suboficiais do exército que tinham dado baixa e eram treinados, ao que se diz, pela guerrilha argelina. "Os argelinos", como os chamam no movimento, dirigidos por José Luiz Nell e Joe Baxter, entraram na Policlínica com metralhadoras e saíram com trezentos mil dólares. A polícia estava seguindo uma linha de investigação segundo a qual elementos do nacionalismo peronista haviam começado a operar com delinqüentes comuns numa combinação explosiva que deixava as autoridades muito preocupadas.

E havia uma ponta de verdade nisso. Hernando Heguilein, "Nando", um ex-integrante da Aliança Libertadora Nacionalista, conhecido grupo de choque dos tempos de Perón, tinha um encontro marcado com Malito no esconderijo da rua Arenales para decidir as operações de recuo e retirada do bando. Nando era um homem de ação, um patriota segundo alguns, um pombeiro segundo outros, um lúmpen sanguinário segundo os tiras da Coordenação.

As informações dos jornais circulavam nas entrelinhas e havia muitas operações de contra-informação no meio das notícias.

Por exemplo, afirmava-se que ao vistoriar o Chevrolet abandonado a polícia confirmara a suspeita de que um dos assaltantes estava ferido. Encontraram dentro do carro: um pulôver cinza de manga comprida, uma toalha e um paletó manchados de sangue. Havia droga no chão do automóvel, várias seringas e um vidro de anticoagulante. Além disso, encontraram duas metralhadoras Halcón, calibre 45, de carregador duplo e capacidade para sessenta e quatro balas, e uma caixa de projéteis novos. Como detalhe ilustrativo da periculosidade dos assaltantes (dizem os jornais) relata-se o fato de que a metralhadora foi acionada depois de prenderem a trava de segurança com um perno para que, ao dispararem, as rajadas saíssem diretamente em descargas completas de cinqüenta tiros. O automóvel apresentava quatro impactos na parte traseira esquerda. Perto de onde o carro dos bandidos sofreu o acidente havia uma sacola de tipo mochila de marinheiro com dezoito mil pesos dentro.

Segundo informações de última hora, os policiais que investigam o sangrento assalto prestam especial atenção às sacolas abandonadas pelos malfeitores em sua fuga (algumas no Chevrolet acidentado, outras caídas durante a perseguição). São de lona, tipo mochila de marinheiro, e se supõe que foram preparadas para levar o dinheiro roubado. Esse tipo de sacola é usado nas repartições militares. A polícia vai entrar em contato com elementos do Comando Naval. Examinadas as armas abandonadas no Chevrolet pelos assaltantes por ocasião da batida, verificou-se que os carregadores da metralhadora de 9 milímetros podiam pertencer a uma arma desse tipo da marca Bergman alemã ou Piripipí paraguaia. Quanto à metralhadora Halcón calibre 45, é uma arma de uso militar. Por isso a investigação está tentando localizar os supostos contatos militares da quadrilha.

No carro, peritos da Divisão de Vestígios da Superintendência da Polícia Científica recolheram impressões digitais supostamente deixadas pelos assaltantes em distintos lugares e nas armas, e esses vestígios poderiam levar os investigadores a descobrir a identidade dos prófugos.

Ontem à noite, ao fechar-se esta edição, o pessoal da Roubos e Furtos efetuava diversas averiguações e revistas em diversos pontos da Capital Federal e da Grande Buenos Aires em busca dos integrantes da quadrilha.

Ao ler os jornais, Malito se espantou com a velocidade com que a polícia estava indo para cima deles. Da mesma forma repugnante e abjeta de sempre (segundo Malito), os jornais agora davam as informações com o despudor e a riqueza de detalhes que são característicos da brutalidade com que tratam os fatos ("...a menina Andrea Clara Fonseca, de seis anos, que se soltou da mão de sua mãe, foi atingida por uma rajada de metralhadora que um dos delinqüentes disparou e seu rosto se transformou num buraco sangrento..."). Um buraco sangrento, tornou a ler as palavras com lentidão, Malito, sem pensar em nada, sem enxergar outra coisa além das letras e da imagem borrada de uma menina loura parecida com o anjinho nu de uma igreja. Às vezes, o cruel deleite com que lia as notícias policiais era uma prova de sua impossibilidade de elucidar a raiz moral dos acontecimentos de sua vida, pois ao ler sobre o que ele mesmo havia cometido mostrava-se satisfeito por não ser identificado, mas ao mesmo tempo triste por não ver sua foto, e secretamente surpreso com a repercussão da desgraça que é devorada ansiosamente por milhares e milhares de leitores.

Malito era nessa época, como todos os bandidos profissionais, um ávido leitor da página policial dos jornais, e essa era uma de suas fraquezas, pois o sensacionalismo primitivo que ressurgia brutal a cada novo crime (a garota loura cujo rostinho fora desfigurado por um tiro) o fazia pensar que sua cabeça não era tão diferente da dos sádicos degenerados que se alucinam com os horrores e as catástrofes, o fazia sentir que sua mente era igual à mente dos caras que tinham feito o que ele lia nos jornais, e secretamente ele se imaginava um desses criminosos, embora em público todos o considerassem um sujeito frio e calculista, um cientista que organizava suas ações com a precisão de um cirurgião. Claro que um cirurgião (por exemplo, seu pai) vivia com as mãos manchadas de sangue, desprendendo a carne de doentes nus e indefesos e trepanando com sofisticados instrumentos de punção e serras mecânicas o crânio vivo de suas amadas vítimas.

Deixar o Chevrolet abandonado fora um erro e esse erro dava à polícia uma série de pistas que podiam provocar um dominó de prisões em cascata. Malito sabia que tinham revistado o hotel de San Fernando onde ele passara com o Cambaio Bazán a noite da véspera do assalto. A polícia, obviamente, não revelava toda a informação recolhida.

De modo ao mesmo tempo indiferente e ameaçador a polícia garantia já ter as fichas de identidade de pelo menos dois integrantes da gangue. Assim afirmou à imprensa o subchefe da Divisão de Roubos e Furtos da Polícia da Zona Norte da província de Buenos Aires, delegado inspetor Cayetano Silva.

— Descarto totalmente a possibilidade de que tenha havido alguma colaboração interna do pessoal da Prefeitura — declarou o delegado Silva.

Estavam criando cortinas de fumaça para proteger sua rede de informações. Malito teve a sensação de que eles estavam ali pertinho, junto à sua porta. As coisas nunca saem como a gente pensa, a sorte é mais importante do que a coragem, mais importante do que a inteligência e as medidas de segurança. O azar, paradoxalmente, está sempre do lado da ordem estabelecida e é (junto com a delação e a tortura) o meio principal que têm os secretas para apertar o laço e pegar os que tentam ficar invisíveis na selva da cidade.

Apesar do mutismo dos chefes policiais, transpirou que haviam surgido pistas sólidas que levariam os investigadores às conexões políticas da quadrilha. Tampouco se descarta que os bandidos tenham sido contratados e atuem como capangas de uma organização mais ampla. Fala-se extra-oficialmente de uma operação apoiada pelas redes clandestinas da chamada resistência peronista. A polícia investiga com determinação os círculos freqüentados pelos antigos militantes da organização liderada por Marcelo Queraltó e Patricio Kelly.

Hernando Heguilein, "Nando", estava desligado dos círculos do nacionalismo peronista e só mantinha contatos esporádicos com alguns militantes sindicais e ex-combatentes do movimento que se dedicavam a traficar armas, alugar esconderijos e abastecer as oficinas clandestinas onde se fabricavam passaportes e documentos falsos (e falsas cartas de Perón conclamando à rebelião armada). Vinha agora dirigindo pela rua Boedo, numa Valiant com todos os documentos em ordem, tentando dar várias voltas antes de ir para o apartamento da rua Arenales. Não queria telefonar nem apresentar-se antes da hora porque, como todos os que andam pela cidade com a polícia grudada em seus calcanhares, tinha medo de se meter numa enrascada e ir parar num esconderijo manjado, com os tiras esperando no apê, caindo assim numa armadilha. Diversas vezes tinha conseguido se safar, o Nando, por puro instinto, porque tinha um método muito bem bolado de sacar os sinais estranhos quando precisava ir a um encontro.

Desceu pela Santa Fe, dobrou na Bulnes e seguiu até o meio da outra quadra. Tinha um casalzinho se bolinando encostado numa árvore e um homem lendo jornal num táxi estacionado no ponto da Berutti. A entrada do edifício estava bastante sossegada e o porteiro jogava água na calçada. Era um bom sinal, os porteiros evaporam quando a polícia dá uma batida. Metade dos porteiros de Buenos Aires eram membros do Partido Comunista e a outra metade alcagüete da justa, mas ninguém mostrava a cara se os tiras tivessem armado uma emboscada. No entanto, aquele porteiro que lavava a calçada era um tira disfarçado que o encanaria assim que ele se enfiasse no elevador.

Nando caminhou com ar tranqüilo, entrou no hall e desceu para o subsolo que ia dar na garagem. Não havia ninguém. Atravessou o corredor e subiu pela escada de serviço. Preferia entrar pela cozinha, se os samangos estivessem lá dentro teria uma possibilidade (remota) de se entrincheirar no vão do incinerador e defender-se a tiros.

Mas não havia meganhas, estava tudo bem, quando passou pela cozinha e entrou no living, e a primeira coisa que viu foi o Gaúcho Louro deitado num sofá, com uma atadura ensangüentada no pescoço, lendo uma revista ilustrada, e o Nene lixando o percussor de um trabuco, com todo o cuidado, sobre uma mesinha de centro. O mais engraçado era que toda a gaita estava empilhada numa espécie de cômoda com um espelho que a duplicava, uma porrada de grana em cima de um oleado branco refletida, como uma ilusão, na água pura do espelho.

O Nene olhou para ele e fez cara de cumplicidade enquanto apontava para a porta fechada do quarto de onde chegavam os gemidos abafados e o sussurro de uma trepada. Eram, com toda a certeza, o Corvo e a Garota que passavam a vida na cama.

— Malito está lá — disse o Nene, e fez um gesto com a cabeça indicando o quarto dos fundos. Depois continuou lixando a pestana da Beretta tentando que o gatilho ficasse dócil ao tato e sensível como uma borboleta. Não gostava do Nando, ele jogava em outro time, parecia um tira, com o bigodinho aparado e os olhos de peixe morto, mas não era tira, tinha sido uma espécie de tira, um informante da Aliança, um político, digamos, catalogou-o o Nene, um paspalho como todos os paspalhos que se deixavam matar pelo

Velho, os mais bundões no final começaram a se juntar com os presos comuns (segundo diziam) para arrombar depósitos de armas e assaltar bancos com o pretexto de juntar dinheiro para a volta de Perón. "A volta, porra nenhuma", pensava o Nene, "a única coisa que a gente tem em comum é que nos dão choque para descobrir se a gente é pau-mandado da CGT."

— Novidades?

— Tudo bem — disse Nando. — Andam espalhando mentiras pela cidade toda, mas estão na bananosa. Puseram o Meganha Silva de encarregado, esse é um filho da égua, tem que tomar cuidado, ele deve estar apertando todos os línguas-de-trapo e nessas alturas com certeza já tem uma pista. Viram os jornais? Perder o carro foi uma pena. Foi você que puxou?

— Foi o Corvo. Puxou em Lanús, não é nenhum drama, era um carro roubado que a polícia tinha vendido para um ferro-velho. Já estava batido.

Nando os avisou que iam ter de passar dois ou três dias trancados sem se mexer até ele terminar de montar a rede para poderem cruzar o charco. O Gaúcho baixou a revista que estava lendo e levantou os olhos.

— Você é uruguaio?

Olharam-se um momento em silêncio e Nando balançou a cabeça. — Não sou uruguaio mas vou botar vocês no Uruguai.

— Já sei, tudo bem, mas mesmo assim você tem pinta de charrua, você dá a impressão... — disse o Gaúcho. — Todos os uruguaios parecem viúvos... Na verdade, parecem peronistas, os uruguaios, viúvos do General.

— Quanta simpatia, Gaúcho. Qual é a tua? — disse Nando. — Soltou o verbo agora que está curado? — O Gaúcho ergueu de novo a revista e começou a ler. Dizia-lhe aquilo porque ele falava pouco, entendia-se com o Nene sem falar. Depois ficava horas calado, pensando, ouvindo coisas. Sentia uma espécie de murmúrio na cabeça, uma rádio de ondas curtas tentando se infiltrar nas placas do crânio, transmitir na parte interna do cérebro, algo assim. Às vezes havia interferências, ruídos esquisitos, gente que falava em línguas desconhecidas, sintonizavam, vá saber, o Japão, a Rússia. Ele não dava bola porque aquilo lhe acontecia desde pequeno. Incomodava-o, às vezes, para dormir, ou quando de repente lhe vinham frases à cabeça e tinha que dizê-las. Como agorinha mesmo, quando disse ao Nando que ele era um viúvo uruguaio. Ouviu aquilo entre os ossos do crânio e disse e o sujeito o olhou esquisito, não queria se meter em encrenca, mas ao mesmo tempo se divertia pensando na cara de pateta do Nando quando lhe disse que tinha aspecto de "charrua". A palavra "aspecto" também lhe dava vontade de rir. Era como se tivesse dito circunspecto ao Nando, ou prospecto. Remédios. Ia tomar um Aktemin. Continuavam falando o Nene e o Nando, mas o Gaúcho quase não ouvia, era como o ruído do vento. Sentou-se na cama e escutou.

— Ei — disse o Nando e olhou para o Nene e depois olhou para a porta fechada. — Malito continua aí dentro?

Malito continuava lá dentro, fechado no outro aposento, com as persianas abaixadas para evitar a luz do sol, na penumbra, mas com uma luzinha acesa, um abajur com uma lampadinha de vinte e cinco watts porque não conseguia dormir no escuro, desde os anos passados na prisão sempre com a luz acesa de noite, igual à cela.

Nando conhecera Malito na prisão de Sierra Chica em 56 ou 57, lembrava dele como um rapaz reservado, muito moço, que por engano tinha ido parar no meio dos políticos. Torturavam todos os que eram presos como se fosse um método de identificação. Eram os tempos duros da resistência e Malito se viu metido numa turma com os comunistas e os trotskistas e os nazistas da Guardia Restauradora Nacionalista. Fez camaradagem com eles; havia vários sindicalistas da UOM, dois ou três ex-suboficiais do exército e uns elementos que vinham de Tacuara. Malito e Nando ficaram amigos. Daquela época vem essa estranha aliança assentada em longas horas de conversa nas noites mortas da prisão. Muito inteligentes, aprenderam depressa um com o outro e depois começaram a fazer planos.

"Um grupo de indivíduos audaciosos pode fazer muito neste país", dizia sempre Nando. "Os ladrões são muito porras-loucas. Um grupo com ordem e disciplina, um grupo de bandidões bem armados chega aonde quiser, aqui." E agora estavam naquela. Achava que o melhor era conseguir o pessoal entre os caras da bandidagem e não ter que ficar formando gente. Nando tinha a esperança de fazê-los entrar para a Organização. Pôr bombas, roubar bancos, cortar linhas elétricas, provocar incêndios, distúrbios. As coisas haviam saído pelo avesso e os caras da bandidagem terminaram levando o Nando como organizador. Ele tinha perspectiva e visão estratégica e montara a engenharia do assalto.

Suas conexões eram múltiplas e ele estabelecera os contatos para a retirada e a fuga depois da operação. Conhecia todo mundo, sabia como se mexer. Obteria os documentos falsos, o embarque, os contatos uruguaios, um esconderijo e a revenda do material. Era o contato para aquele que quisesse cruzar a fronteira do Uruguai secretamente. Mas precisava resolver muitos problemas antes de sair em campo. E Nando não achava certo garfar a grana dos policiais toquistas e dos informantes do assalto.

Malito sentou-se na cama e acendeu um cigarro, viam-se as armas em cima da mesa e todos os jornais espalhados pelo chão. Não queria dividir a gaita nem com os alcagüetes, nem com a justa.

— Você está maluco, vai ser denunciado em dois tempos.

— Nando, se eu der a metade da grana para esses sujeitos que não levantaram uma palha enquanto a gente arriscava os bagos — sorriu Malito —, aí sim é que eu estaria louco.

A situação era confusa; a polícia tentava esconder o que sabia, pareciam estar desorientados e tendiam a vincular o assalto aos grupos de direita do peronismo. Andavam procurando por aí? Nando não tinha certeza, conhecia bem o Silva, o Meganha. O delegado Silva, da Roubos e Furtos, não investiga, simplesmente tortura e usa a delação como método. (Os bandidos se cortam, na hora de ser presos, com gilete nos antebraços e nas pernas para não levarem choque elétrico. "Se tem sangue não tem choque, porque com a energia você tem que estar sem ferida.") Ele havia montado um esquadrão da morte seguindo o modelo dos brasileiros. Mas agia legalmente, o Silva, contava com o respaldo da Coordenação porque sua hipótese era a de que todos os crimes tinham um cunho político. "Acabou-se a delinqüência comum", dizia Silva. "Os criminosos agora são ideológicos. É a ressaca que deixou o peronismo. Ora, qualquer ladrãozinho que você encontra roubando grita Viva Perón! ou grita Evita vive! quando você vai encaná-lo. São delinqüentes sociais, são terroristas, se levantam no meio da noite, deixam a mulher dormindo na cama, pegam o 60, descem perto de uma barreira, botam uma bomba e fazem um trem ir pelos ares. São como os argelinos, estão em guerra contra toda a sociedade, querem matar a todos nós." Por isso (segundo Silva) era preciso coordenar a ação policial com a Inteligência do Estado e limpar a cidade daquela bosta.

Frio, um indivíduo profissional, inteligente, bem preparado, mas muito fanático, o delegado Silva. Tinha uma história estranha, que ninguém conhecia direito, haviam matado uma filha dele num atentado à saída do colégio, diziam uns, haviam deixado paralítica sua mulher (jogaram-na pelo vão do elevador), diziam outros, lhe haviam metido um tiro nos ovos e ele era impotente, corriam essas histórias, várias versões. Era um paranóico, não dormia nunca, tinha uma série de idéias extravagantes sobre o futuro político e o avanço dos comunistas e dos descamisados. E ditava regras, fazia discursos o tempo todo, explicava. O pessoal da resistência peronista (resumia Silva), cansado da militância heróica, tinha, por sua vez, começado a roubar. Era preciso cortar essa conexão porque do contrário ia voltar o tempo dos anarquistas quando não se diferenciavam os ladrões dos políticos. A brava polícia da província de Buenos Aires estava fazendo uma campanha de extermínio. Matavam todos os que encontravam com armas, e não queriam presos. E encontraram apoio no chefe da Coordenação Federal, que em cada greve enxergava uma ameaça de baderna.

— O Silva desconfia do que está acontecendo. Vai esperar um pouco mais porque quer ter certeza, mas está cheio de alcagüetes que o mantêm informado...

— Vocês falaram com ele?...

— Tem gente nossa na chefatura, sabemos o que estão fazendo, mas o Silva se isola, não confia nem na mãe. Já pensou? — disse Nando.

— É — disse Malito. Estava preocupado. — Chame o Mereles.

Mereles saiu da cama onde estava transando com a Garota e foi ao outro aposento e se trancou com Malito e com Nando. Logo tornou a sair, com cara de chateado.

— Vem aqui dentro, Nene — disse e olhou para o Gaúcho. — O Malito mandou você ficar de olho e dar uma espiada de vez em quando pelo postigo que dá para a rua.

Dorda estava com um ferimento no pescoço, sem gravidade, o ricochete de uma bala que saíra pela culatra e se desviara para o seu cangote. Começou a sangrar e todos pensaram que ele estava morrendo, mas as horas foram passando e a ferida cicatrizou e ele foi melhorando. Estava enfraquecido porque perdera muito sangue e o Nene tinha lhe feito uns curativos.

— O que é que está acontecendo?

— Nada. Eu te aviso.

Dorda não se mexeu. Olhou para o Nene Brignone que botava a pistola na cintura e também ia para o outro cômodo.

— Acorde, Gaúcho — falou o Corvo da porta. — E cuide dessa cuca.

O Gaúcho Dorda ficou sozinho no quarto. Continuou deitado no sofá e procurou no chão o vidro das anfetas e tomou duas, sem água. Eles, do outro lado, tramavam tudo. Não falavam com ele, nunca lhe perguntavam nada. Dos planos, ocupava-se o Nene. Porque o Gaúcho e o Nene eram, para o Gaúcho, um só. Irmãos gêmeos, siameses, os irmãos corsos, ou seja (Dorda tentava explicar), se entendiam às cegas, agiam de memória. Assim, parecia-lhe que sentia o mesmo que o Nene Brignone. A grana e as decisões significavam pouco para ele. Seu interesse exclusivo eram as drogas, "sua obscura mente patológica" (dizia o relatório psiquiátrico do dr. Bunge) pensava raramente em outra coisa que não fossem as drogas e as vozes que escutava em segredo. Era lógico (segundo o dr. Bunge) que deixasse, o Gaúcho, as decisões por conta do Nene Brignone. "Um caso muito interessante de simbiose gestáltica. São dois mas agem como uma unidade. O corpo é o Gaúcho, o executor pleno, um assassino psicótico; o Nene é o cérebro e pensa por ele."

Ouvia vozes, então (segundo Bunge), o Gaúcho Louro. Nem sempre, às vezes, ouvia vozes, dentro do cérebro, entre as placas do crânio. Mulheres que falavam com ele, davam-lhe ordens. Esse era o seu segredo e foi preciso submetê-lo a vários testes e a várias sessões de hipnose para que fossem aparecendo os conteúdos dessa música íntima. O psiquiatra da prisão, o dr. Bunge, ficou obcecado pelo caso, ficou agarrado a essas vozes que o interno Dorda ouvia em silêncio. "Dizem-me que há uma lagoa em Carhué, que se alguém se joga fica boiando, de tanto sal que tem a água, dizem-me que ali morreu um cacique, um índio veado, ranquel, morreu afogado, porque amarraram uma pedra de moinho no pescoço dele, já que dizem que tinha comido um gringuinho cativo que mantinham preso com uma corrente pelo tornozelo num poste, no acampamento de índios, e o índio foi e o enrabou, esse cacique Coliqueo. E o afogaram num pântano. E às vezes o infeliz sai boiando todo emplumado e a corrente o leva pelos palhais, entre as taquaras e o assobio das espadanas, igual a um fantasma." Depois repetia com voz letárgica, o Gaúcho Louro, um trecho da Bíblia Sagrada (Mateus, 18-6) que (dizia) um padre lhe ditava. "Porém aquele que escandalizar um destes pequeninos, melhor lhe fora que se lhe pendurasse ao pescoço a mó e que o lançassem ao fundo da lagoa de Carhué."

A não ser pelas vozes, era um sujeito normal. Às vezes o dr. Bunge até pensava que era um simulador, o Dorda, que procurava driblar a lei e se fazia de louco para não ser condenado. De toda maneira, no relatório Bunge explicou a "caracteropatia" de Dorda como a de um esquizo, com tendência à afasia. Porque ouvia vozes falava pouco, por isso era calado. Os que não falam, os autistas, estão o tempo todo ouvindo vozes, gente que fala, vivem em outra freqüência, ocupados com um murmúrio, um cochicho interminável, ouvindo ordens, gritos, risos sufocados. (Chamavam-no Guincha, às vezes, as vozes, chamavam-no assim essas mulheres, ao Gaúcho Dorda, venha, Guincha, Eguinha, e ele ficava quieto, sem se mexer, para que ninguém ouvisse o que estavam lhe dizendo, triste, fitando o ar, com vontade às vezes de chorar mas sem chorar para que ninguém se desse conta de que era uma mulher.) Seu maior orgulho era seu sangue-frio e sua determinação. Ninguém podia ler seu pensamento, nem escutar o que lhe diziam as mulheres. Usava uns óculos escuros, Clipper, com lentes espelhadas, que encontrara num carro, numa tarde em que haviam roubado um grã-fino perto de Palermo. Gostava deles, eram elegantes, davam-lhe um ar mundano e ele se olhava de perfil no espelho, nos banheiros, na vitrine das lojas.

Agora tirou os Clipper e começou a olhar com extrema atenção o projeto de um motor de lancha desenhado em escala. Passava o tempo deitado no sofá, estudando a revista *Mecânica Popular* e de vez em quando resolvia desenhar motores. Sentou-se e colocou um papel canson em cima da mesinha ordinária e começou a fazer a ponta do lápis.

Nesse momento apareceu a Garota, vestida com uma camisa de homem, e passou descalça indo para a cozinha.

— Precisa de alguma coisa, mocinha? — disse o Gaúcho.

— Nada, obrigada — disse a Garota e o Gaúcho a viu empinar a bundinha e ficar na ponta dos pés para pegar o pó no armário alto da cozinha.

— Dá um beijo? — disse Dorda.

A Garota parou na porta e sorriu para ele. Tratava-o como se ele fosse invisível, como se fosse de madeira. Gaúcho via os pelinhos do púbis da Garota entre as fraldas da camisa de seda do Corvo. Imaginava o roçar suave da seda entre as pernas e não conseguia parar de olhar para ela.

— Está olhando o quê? Cuidado que eu vou contar para o Papai — disse a Garota, e se enfiou de novo no quarto.

O Gaúcho fez o gesto de se levantar e segui-la, mas voltou a deitar nos almofadões, com uma espécie de sorriso no rosto. Quando se zangava sorria como um menino.

Olhou a porta fechada com os olhinhos meio tortos, era vesgo pá dentro (como dizia sua falecida mãe), um estrabismo convergente que lhe dava aquele aspecto de homem obsessivo, muito perigoso, que é o que ele é (informa o dr. Bunge).

Dorda tem a cara perfeita do tipo de indivíduo que representa (acrescenta o dr. Bunge), um lunático criminoso que age com um sorriso nervoso, angelical e sem alma. Em criança, sua falecida mãe o flagrou quando cortava em dois um franguinho vivo com uma tesoura de tosquiar e levou-o ao delegado, para que o ponha preso, bem longe, sua falecida mãe, lá em Longchamps, tirou-o do galinheiro e o mandou para o xadrez.

— Minha própria mãe — dizia titubeando sem saber se a xingava ou lhe agradecia a intenção de endireitar sua vida.

— A maldade — dizia Dorda, na maior fissura com a mistura das bolinhas e do pó — não é uma coisa que a gente faz com a vontade, é uma luz que vem e que te leva.

Prenderam-no várias vezes em criança, até que aos quinze anos o mandaram para o centro de neuropsiquiatria de Melchor Romero, perto de La Plata. O interno mais jovem de toda a história, dizia com orgulho o Dorda. Sentaram-no numa sala branca com os outros tantãs e ele mal se aproximava da mesa. Mas era a pele de Judas, um criminoso infantil: matava gatos enfiando-os num ninho de vespas. Muito complicada a operação.

— Não é para me gabar — dizia o Gaúcho —, mas eu tinha dado uns nós com arame e o gatinho não podia se mexer, só gritava e miava que nem uma galinha. O bichano.

Pouco tempo depois, matou um vagabundo, com uma punhalada, para lhe roubar uma lanterna. Primeiro o levaram para a delegacia, o moeram de paulada, e depois o internaram no hospital psiquiátrico.

O médico de plantão era um careca de óculos que tomava notas numa caderneta. Mandou-o para o pavilhão dos loucos mansos e na primeira noite três enfermeiros o foderam. Um se fazia chupar, o outro o agarrava e o terceiro enterrava-lhe no fiofó.

— Um pau desse tamanho — Dorda fazia o gesto. — Não é para me gabar.

Transformou-se em carne de hospício. Fugia e voltavam a pegá-lo, fugia e ficava rondando pelas estações, por Retiro, por Once, pequenas gatunagens, escrunchos em casas abandonadas. Era alucinado por revólveres e pouco a pouco foi se tornando um especialista em puxar carros. Desde que via um automóvel até que o arrombasse precisava de dois minutos, dois minutos e meio. O camarada mais rápido do Oeste, dizia, porque sempre andava por Morón, por Haedo. Vinha do campo e sempre estava zanzando pelos arredores da cidade. Tinha cara de camponês, sangüíneo, cabelo cor de palha, olhos azul-claros. Era duas vezes provinciano, de uma família de imigrantes piemonteses de María Juana, na província de Santa Fe, gente muito trabalhadora, calada como ele mas que não ouvia vozes. A maldade, dizia a mãe, nasceu nele com a mesma obstinação e a mesma força que os irmãos e o pai empregavam para trabalhar a terra.

— No campo, um solão que te assa os miolos. Os passarinhos caem das árvores, de tanto calor, no verão. Não se ganha nada trabalhando — dizia o Gaúcho Dorda. — Quanto mais se trabalha menos se tem, meu irmão caçula teve que vender a casa quando a mulher ficou doente e ele tinha trabalhado a vida toda.

— Mas é claro — ria o Nene. — Ô, pateta, agora você já sabe, quanto mais se dá duro, mais se é escravo...

O Nene Brignone e o Gaúcho Dorda, sempre juntos, tinham se conhecido na prisão de Batán, um depósito de lixo, caíram juntos num pavilhão de invertidos. Veados, bichas-loucas, bonecas... A fauna toda.

— A primeira vez que um homem me enrabou achei que ia ficar grávido — disse Dorda. — Veja só como eu era bobo. Eu era muito pequeno e quando vi a piroca quase que desmaio de prazer. — Ele ria, bancava o engraçadinho, o Dorda, isso deixava nervoso o Malito, que era muito profissional, não gostava de grosserias, não gostava de veados, Malito, falavam demais, a seu ver.

Mas não era verdade, retrucava-lhe o Nene, havia umas bichonas que agüentavam o choque elétrico sem dar um pio e ele conhecia vários que se faziam de machinhos e que quando viam o cassetete começavam a dar o serviço.

— A louca Margarita, um travesti, encheu a boca de giletes e se cortou que foi um horror, e mostrou a língua pro meganha e disse: "Se quiser eu te chupo, meu amor, mas você não vai me fazer falar...".

Mataram-na e tiveram que atirá-la no rio em Quilmes, nua, de pulseira e brincos, mas não lhe arrancaram uma palavra.

Tem que ser muito macho para se deixar foder por um macho, dizia o Gaúcho Dorda. E sorria como uma garotinha, mais frio que um gato. Num sujeito enfiou uma agulha de tricô num pulmão, o sujeito fez *fishsh*, foi-se embora o ar igual a um balão e ficou todo murcho. Chamara-o de Bobo. E o Gaúcho não gostava que o chamassem de Bobo, que o chamassem de Debilóide. Mais respeito, pedia o Gaúcho Louro, eu sou um biruta de primeira hora, e sorria como uma garotinha.

O Nene logo percebeu que o Gaúcho era muito inteligente mas muito pirado.

— Psicótico — disse o paspalho, Bunge, no Melchor Romero.

Por isso ouvia vozes. Os que matam por matar é porque escutam vozes, ouvem gente falar, estão em comunicação com a central, com a voz dos mortos, dos ausentes, das mulheres perdidas, é que nem um zumbido, dizia Dorda, uma coisa elétrica, que faz cric, cric dentro da cuca e não te deixa dormir.

— Sofrem pra caramba, rapaz, sempre um rádio na cabeça, você sabe o que é isso. Falam com você, lhe dizem porcarias.

Sentia pena, o Nene, do Gaúcho Louro, e cuidava dele, o defendia. Meteu-o no assalto de San Fernando. Malito o chamou porque manjava bem o Nene e porque precisava de um bandido da nova guarda, queria renovar os elementos, chega de velharia (de velharia basta eu, dizia Malito, que tinha feito quarenta). Contou-lhe o serviço e o Nene disse: "Se vai ser meio a meio com a justa, quanto nos sobra?".

— Muito pouco, meia milha... para dividir por quatro.

— E a outra meia milha?

— Para eles — disse Malito.

Eles eram os que lhe davam o serviço, incluindo a polícia e o conselheiro municipal. O Nene ficou pensando. Custou a se decidir. Estava na condicional, se voltasse a ser pego não saía mais.

— Vou com o Gaúcho Louro de acompanhante, senão, não.

— Quem são vocês — disse Malito —, marido e mulher?

— Claro, seu babaca — disse o Nene.

Quando a carne escasseava, dormiam juntos, o Nene e o Gaúcho Louro, mas cada vez menos. Dorda era meio místico, cismava em parar de foder e de tocar punheta porque era muito supersticioso. Pensava que o leite ia embora, perdia a pouca luz que ainda lhe iluminava a cabeça e ficava seco e sem idéias.

— Eu estou assim de tanto ser punheteiro. Sério, doutor — dizia ao médico, o Gaúcho, como se estivesse caçoando dele —, quando a gente está em cana, vai fazer o quê? Faz isso a cada meia hora, que nem os macacos... que nem os cachorros, que lambem o pau, não viu, doutor? Lambem, sim, em Devoto tinha um cara de Entre Ríos que conseguia chupar o pau sozinho, se dobrava igual a um arame e botava a língua para fora e chupava. — O Gaúcho ria...

— Bem, Dorda — disse o dr. Bunge. — Por hoje chega. — E anotava na ficha, obcecado sexual, perverso polimorfo, libido desmedida. Perigoso, psicótico, homossexual. Mal de Parkinson.

Tinha uma pequena tremedeira, imperceptível, elétrica, o Gaúcho, mas ele explicava tudo por um esquema de líquidos corporais e sopros.

— A gente é feito de ar — dizia. — Pele e ar. E aí, lá dentro é tudo úmido, entre a pele e o ar — tentava explicar cientificamente, o Gaúcho Louro —; tem uns tubinhos...

A visão do homem como um balão, ele a confirmou quando viu que o indivíduo que tinha varado com uma agulha de tricô se esvaziava e ficou igual a um molambo caído no chão. O sujeito, no chão, como roupa suja.

— A gente é feito de leite, de ar e de sangue — disse o Gaúcho certa noite, cheio de coca e falante.

— Estava falante — contava o Nene, que se lembrava. — Tinha arranjado uma branquinha de primeiríssima que a gente roubou do porta-luvas do carro de um deputado.

— Tem uns tubinhos — dizia Dorda e tocava no peito — que vão por aqui — e apalpava com os dedos entre as costelas —; parecem de plástico e se esvaziam e se enchem, se esvaziam e se enchem. Quando estão cheios, você pensa, quando estão vazios, você dorme. As coisas que você lembra, por exemplo de quando você era pequeno, é porque deslizam no ar, passam por ali, as coisas que você lembra, as recordações. Não é, Nene?

— Claro — dizia Brignone, dava-lhe razão.

Muito inteligente, Dorda, muito fechado, com aquele problema que tinha, a afasia, o mutismo, porque de repente ficava um mês sem falar, fazia-se entender por sinais e gestos, ficava com os olhos assim ou fechava os lábios para se fazer entender. Só o Nene o sacava, muito louco, o Gaúcho. Mas o sujeito mais íntegro e mais valente que já se viu (segundo Brignone). Uma vez com uma 9 milímetros enfrentou a justa e os manteve à distância até o Nene entrar com um carro em marcha a ré e tirá-lo, em Lanús. Foi alucinante. Parado e atirando com as duas mãos, na dele, bum, bum, com uma elegância e os tiras se cagando de medo. Quando vêem um cara assim, decidido, que não dá a menor bola para nada, eles têm respeito. Se houvesse uma guerra, alguém que, vamos supor, tivesse nascido na época do general San

Martín, o Gaúcho, dizia o Nene, bem, teria um monumento. Seria não sei, sei lá eu, um herói, mas nasceu fora de época. Tem esse problema de expressão, que o deixa muito introvertido. Perfeito para fazer uns serviços especiais... Vai e mata quem for, num abrir e fechar de olhos. Uma vez, num assalto, o caixa não queria acreditar, pensou que era uma brincadeira, se fazia de besta, o caixa no banco, porque o Gaúcho não mostrou as armas.

— Disse: é um assalto.

E o panaca do caixa quando o viu, com aquela cara de retardado mental, pensou que era uma brincadeira, que ele era um engraçadinho. Saia, disse-lhe. Ou pare de me encher o saco, seu débil, terá dito. Dorda mexeu a mão, apenas, assim, num bolsinho do guarda-pó (porque tinha se vestido com um guarda-pó branco, de médico) e arrebentou-lhe a fuça com um tiro.

O próprio pessoal do banco se encarregou de encher sua sacola com a grana quando viram como sorria depois de ter matado o caixa. Um cara muito, mas muito violento, o Gaúcho Dorda, um doido varrido. Já não o surram, os tiras, não lhe dão choque, você pode matá-lo, que ele não fala mesmo.

— Me faz lembrar um sujeito com quem transei uma vez em Retiro, no banheiro, eu te contei, Gaúcho, era igual a você, eu estava mijando, o cara me rondava, olhava o meu pau, me rondava, aí eu puxo papo e o cara me mostra um papel que diz: *Sou surdo-mudo.* Mas mandei ele meter do mesmo jeito. E me pagou cento e cinqüenta pratas. Soprava, quando estava me fodendo, claro, não conseguia dizer nada, mas soltava o ar, soprava, gozando. Sou surdo-mudo — contava o Nene e ria e o Gaúcho o olhava contente e ria também com um risinho perturbado.

Lembrava-se, Dorda, e gostava dele, do Nene. Não podia se expressar, mas era capaz de dar a vida por Brignone. E então fez um esforço e se levantou. Custava-lhe pensar, mas pensava e a cabeça ia funcionando igual a uma máquina de traduzir (segundo o dr. Bunge), tudo lhe parecia feito pessoalmente para prejudicá-lo (a ele ou ao Nene Brignone). Falavam com ele e ele traduzia. Ia, por exemplo, ao cinema da igreja, em criança, porque era do campo, o Dorda, e no campo o cinema é uma diversão religiosa. Se você ia à missa (contava o Gaúcho) o padre lhe dava, ao sair, um vale (se você comungasse dava dois vales, o padre) e com eles se podia entrar de graça no cinema da paróquia, e de manhã, depois da missa, Dorda podia ver *os seriados* e traduzia sempre o filme, como se estivesse enfiado na tela, como se tivesse vivido tudo aquilo. ("Uma vez o tiraram do cinema paroquial porque pôs o pinto para fora e começou a mijar: no filme ele viu um garoto que estava urinando, de costas, à noite, no meio do campo...", palavras textuais do sacristão ao dr. Bunge no relatório psiquiátrico.) Muito religioso, o Dorda, sempre quis estar nas graças de Deus e inclusive sua mãe (declarou) que ele queria ser sacerdote em Del Valle (povoado próximo, a cinco quilômetros da casa da família) onde vivem os irmãos do Sagrado Coração, mas, quando foi lá, enrabou um vagabundo no caminho e aí começaram todas as suas desgraças.

Nesse momento Mereles saiu do quarto.

— Que é que você está fazendo, ô seu pateta? — disse ao Gaúcho, que estava como que sonhando. — Venha. Temos que descer para telefonar.

Tinham resolvido não pagar e ficar com a grana de todo mundo que os ajudara. Por isso Malito decidiu mudar os planos e chamar o Cambaio Bazán. Eram seis horas da manhã da quinta-feira. Não disse ao Cambaio onde estavam escondidos mas o mandou ir encontrar Fontán Reyes num bar na esquina da rua Carlos Pellegrini com a Lavalle para que o distraísse enquanto eles se deslocavam para outro esconderijo. Deu a ordem de saírem e baterem em retirada para a casa de

Nando em Barracas. E ali foram esperar que se fizessem os contatos a fim de cruzar para o Uruguai.

Alto, magro, com olhos de abutre e um sorriso de superioridade nos lábios, o Cambaio Bazán foi preso três horas depois desse telefonema. Para protegê-lo, o delegado Silva disse que o prenderam numa ronda perto da praça onde tinha sido cometido o roubo. Estava com uma arma. Disse que usava a pistola "para matar os cachorros vagabundos que abundam em Hurlingham". Na verdade, era um informante da polícia. Havia um ano que Silva o pegara como alcagüete em troca de deixá-lo circular pela zona portuária com drogas e mulheres.

QUATRO

No dia seguinte os jornais fotografaram o delegado Silva na hora de reconhecer o cadáver do Cambaio Bazán num bar perto do porto. Suas declarações eram sentenciosas e contraditórias (e mesmo incompatíveis), como convém ao raciocínio policial.

— Neste país os delinqüentes se matam para escapar da justiça. Estamos na pista do bando de assassinos que roubou o banco de San Fernando e suas horas estão contadas.

O delegado usava um terno amassado e estava com a mão enfaixada. Vinha de dois dias sem dormir e tinha fraturado a mão ao espancar a concubina de Mereles que se negara a colaborar e passou todo o interrogatório xingando e cuspindo. Era uma garota, uma pirralha teimando em bancar a heroína, e no final ele teve que entregá-la ao juiz sem arrancar quase nada dela. Quebrara um ossinho da junta dos dedos ao tascar-lhe o primeiro sopapo e agora estava com a mão inchada e dolorida. No bar pediu gelo e prendeu os cubinhos com um guardanapo branco. Olhou para os jornalistas.

— O senhor não acha que...

Começou o rapaz que fazia reportagem policial para o *El Mundo*...

— Eu não acho, investigo — interrompeu-o Silva.

— Dizem que era um informante da polícia. — O rapaz era um garoto de cabelo crespo, com a credencial do jornal onde se lia Emilio Renzi ou Rienzi bem visível na lapela do casaco de veludo cotelê. — E dizem que Bazán esteve preso... Quem deu ordem para deixá-lo solto?

Silva o olhou e apoiou a mão ferida no peito. Obviamente, deixara o Cambaio solto para usá-lo como isca.

— É um delinqüente fichado. E nunca esteve preso...

— O que aconteceu com a sua mão, delegado?

Silva tentou encontrar uma frase que para o rapaz parecesse verossímil.

— Torci a mão quebrando a cara de tudo quanto é jornalista veado que apareceu na minha frente.

O delegado Silva era um homem gordo, cara meio de índio, com uma cicatriz branca que lhe cruzava a face. A história daquela cicatriz lhe voltava toda manhã, sempre que olhava o rosto no espelho. Um maluquinho o cortara certa tarde, sem mais nem menos, quando ele saía de casa. O marmanjo respirava na sua nuca e o ameaçava com uma navalha, sem saber que ele era da polícia. Quando soube, foi pior. O difícil é sempre o medo do outro, o delírio do sujeito que de repente pensa que está encurralado e não tem como escapar. Foram saindo para a rua e, antes de roubar seu carro, abriu-lhe o rosto com um talho cruzado. Foi como se o queimassem, sentiu uma ardência gelada, algo que lhe abria o maxilar, e ficou lhe a cicatriz para sempre.

Agora vivia sozinho, a mulher o deixara anos antes e às vezes ele a revia, já quase sem reconhecê-la, quando ela lhe trazia os filhos. Via-os crescer com indiferença, como se fossem estranhos, distanciado de tudo o que não fosse o trabalho. Silva sabia que na sua profissão não se podia bobear. Desta vez tinham lhe dado carta branca.

— Quero uma solução rápida — falou o Chefe. — Não se preocupe com o que disserem no juizado.

Havia muita pressão para que alguém fosse preso.

— Os jornalistas estão em cima de mim, vou ter que convocar uma entrevista coletiva.

— Alguma pista?

O delegado Silva saiu de carro pela rua Moreno na direção da Entre Ríos, ao terminar o expediente. Eram quase nove da noite. Dirigia com calma. A cidade estava sossegada. Há crimes, adultérios, roubos, mas a gente anda pela rua e tudo se passa normalmente e com o ar de falsa tranqüilidade que os próprios transeuntes conferem às coisas.

Muitas vezes Silva ficava acordado até de madrugada, em casa, sem conseguir dormir, e olhava a cidade da janela, no escuro. Todos tentam ocultar o mal. Mas a maldade espreitava nas esquinas e dentro das casas. Agora ele morava num apartamento em Boedo e as luzes acesas nas casas e nos apartamentos de madrugada o faziam pensar nos crimes que no dia seguinte estariam na primeira página dos jornais.

A execução do Cambaio foi o fecho que selou a retirada da quadrilha. Iam matar todos os que atravancassem o seu caminho e a lição tinha que ser clara. Nando Heguilein ficara na retaguarda, dando cobertura às providências finais e distribuindo dinheiro para organizar a passagem para o Uruguai. Estava dando tudo errado e eles se sentiam em perigo; a polícia revistou o esconderijo da rua Arenales e a prisão de Blanca, que se encontrava ali, enlouqueceu Mereles, que até pensou em ficar em Buenos Aires para enfrentar o Silva e todos os dedos-duros que davam o serviço para a polícia. Malito impôs a calma, agora mais do que nunca precisavam agir com inteligência e não aceitar provocações.

Silva tinha encontrado Fontán Reyes no Esmeralda, um bar que dava para a rua Carlos Pellegrini onde costumavam fazer ponto os tanguistas. O bar ficava perto da SADAIC e sempre se viam estrelas jovens e ex-estrelas aposentadas do mundo do espetáculo. Quando Silva entrou com a cambada todos no café ficaram imóveis, como que fechados numa cápsula de vidro. Essa era a sensação que ele causava toda vez que entrava num lugar daqueles. Silêncio, gestos lentos e caras de medo.

Fontán Reyes era um homem elegante, com uns quilos a mais e o rosto alucinado dos viciados em droga. Silva se aproximou e sentou ao lado dele.

— Parecia nervoso. É claro. Todos ficam nervosos quando eu falo — disse o delegado.

Dessa forma (segundo os jornais) se soube como foi planejado o assalto aos agentes pagadores do município. A informação vazou do Conselho Municipal. Carlos A. Nocito, de trinta e cinco anos, casado, primo irmão de Atir Omar Nocito, aliás Fontán Reyes, trabalhava como inspetor de Obras Públicas do município de San Fernando. Era um homem influente, que fazia favores na região, um típico cacique do peronismo na fronteira das atividades delituosas. Em outro lugar teria sido um homem da máfia, mas aqui se dedicava a pequenos negócios que incluíam as propinas e a proteção a banqueiros de *quiniela* e a puteiros clandestinos. Era sócio de uma cumbuca em Olivos e tinha interesses em distintos pontos da costa e era filho de don Máximo Nocito, aliás Nino, presidente do Conselho Municipal de San Fernando, eleito pela Unión Popular. Preso e interrogado, Nocito acabou reconhecendo que tinha se reunido com os "fazendeiros" que seu primo Fontán Reyes lhe apresentou, e que os havia contratado para assaltar os agentes pagadores do município. As reuniões eram num luxuoso apartamento da rua Arenales.

Blanquita Galeano, a concubina de Mereles, é (segundo os jornais) uma mocinha de classe média, criada num lar saudável e estimado pelos vizinhos de Caseros. Até os quinze anos seu comportamento foi normal, festas juvenis, algumas reuniões em casa de amigos, mas no verão passado viajou sozinha para Mar del Plata. Morena, esguia, bonita, bem vestida, sua figura impressionou o filho de um fazendeiro que levava uma vida de luxo na cidade feliz. Era Carlos

Alberto Mereles. Dispendiosas fotografias coloridas comprovam o nascimento do romance. Depois, o regresso. Quanto tempo Blanca demorou para perceber que Mereles era um delinqüente? Um mês, dois meses? Quando soube, já era tarde. Em fins de agosto se casaram. Pelo menos assim ela pensou. Pois agora a polícia acaba de descobrir que a certidão de casamento é falsa e a cerimônia, uma farsa. Blanquita, a menina de dezesseis anos, agora está presa na Divisão de Investigações em Martínez.

A Garota, no final, confessou que Mereles e três cúmplices tinham abandonado o apartamento da rua Arenales horas antes da chegada da polícia levando a maior parte do dinheiro do assalto e poderosas armas automáticas, mas não pôde (ou não quis) revelar para onde se dirigiam os bandidos. Segundo declarações da jovem, os delinqüentes estariam cercados, todos têm medo deles, ninguém quer ajudálos e Malito, o chefe da quadrilha, resolveu se arriscar.

— Foi para o Tigre — disse a Garota, que apanhou muito, enxugando o sangue com um lenço. — Tem um polonês que vai ajudá-lo. Isso é tudo o que eu sei.

O polonês era o Conde Mitzky, que controlava a rede de contrabandistas e muambeiros do rio da Prata; eles tinham sob controle os caras da alfândega e o pessoal da polícia de fronteira, que fazia vistas grossas nas travessias clandestinas para a outra margem.

Silva mandou rastrear o delta subindo pelo rio até a margem da ilha Muerta e depois voltou para o bar do porto onde tinham encontrado o cadáver do Cambaio Bazán. Não havia rastros, Malito estava com duas horas de vantagem.

Consultados pela imprensa, os donos da rotisseria da rua Arenales, número 3300, disseram que diariamente se surpreendiam com as compras que a toda hora faziam os que moravam em frente. Leitões inteiros, vários frangos no espeto, montes de garrafas do melhor vinho. Milhares de pesos por dia e pagos à vista. A vizinhança dizia que se tratava de uns "pecuaristas" com interesses na Patagônia e campos na zona de Venado Tuerto. A mesma coisa disse o proprietário de uma importante loja de equipamentos de música da avenida Santa Fe. Dois senhores que moravam no número 3300 da rua Arenales fizeram uns meses antes uma compra muito importante. Gravadores, rádios portáteis, toca-discos, uma discoteca completa. A soma e a quantidade do que foi comprado merecia sua atenção pessoal. E depois ele foi supervisionar a instalação dos aparelhos, conhecendo assim o "apartamento mais luxuoso que jamais vi", segundo declarou aos jornalistas.

— Via-se que era gente de dinheiro, muito educados, de modos refinados, pessoas elegantes e discretas que, a meu ver, tinham vindo para a capital especialmente para assistir a um campeonato de pólo nos campos de Palermo.

Dois dias depois do assalto as autoridades deram o roubo por esclarecido. Embora os autores materiais se encontrem foragidos, a polícia prendeu sete cúmplices e informantes, inclusive um funcionário da prefeitura; um conhecido cantor de tangos; o filho e um sobrinho do presidente do Conselho Municipal de San Fernando e um suboficial do exército que vendeu as armas utilizadas pelos bandidos. Assim se encerra um acontecimento inaudito em que pessoas aparentemente honestas contrataram assassinos a soldo para cometer um ato de vandalismo.

Em círculos bem informados tem-se a impressão de que a polícia está convencida de que os bandidos argentinos já conseguiram passar para o Uruguai.

"Os que fugiram (disse off the record o delegado Silva) são elementos perigosos, anti-sociais, homossexuais e viciados", e acrescentou o chefe de polícia "não são *tacuaras* nem peronistas da resistência, são delinqüentes comuns, psicopatas e assassinos com frondosos prontuários".

Hybris, procurou no dicionário o rapaz que fazia reportagem policial para o *El Mundo*: "a arrogância de quem desafia os deuses e busca sua própria ruína". Resolveu perguntar se podia pôr esse título na crônica e começou a escrever.

O que executou a sangue-frio os guardas no assalto ao banco é Franco Brignone, aliás, o Nene, aliás, Cara de Anjo, filho primogênito de um abastado empresário da construção, residente no bairro de Belgrano, estreou na vida criminal em 1961 aos dezessete anos, quando era estudante secundarista no Colégio Saint-George e foi preso como cúmplice numa tentativa de roubo que terminou em homicídio. Era o preferido do pai, um respeitado homem de negócios, e gozava de todos os privilégios até se transformar no dominador da vontade paterna e de seus irmãos menores. Certa noite, pegou o carro do pai e foi buscar uns amigos que conhecera no campo de futebol do Excursionistas e que lhe tinham pedido que os levasse para apanhar um aparelho de som. Com Brignone ao volante sem sair do carro, o automóvel ficou muito tempo parado, até que seus amigos voltaram de mãos abanando. Os camaradas lhe explicaram que tinham brigado com o dono do aparelho, que se negara a emprestá-lo. Na manhã seguinte, o menor leu no jornal que nessa casa um homem havia sido assassinado para ser roubado. Tinham-no matado a pauladas com uma barra que costumava ficar debaixo do assento do carro do Nene. O jovem foi para a cadeia pela primeira vez. O impacto sobre seu pai foi tão terrível que ele morreu de um ataque cardíaco ao receber a notícia. O juiz lhe disse que embora a pena fosse de simples cumplicidade ele merecia ser condenado por parricídio.

Quando saiu da prisão, apesar do dinheiro da herança paterna, influenciado pelos contatos carcerários e diante do desespero da mãe e dos irmãos que são respeitados e honestos profissionais, seguiu o caminho do crime.

Na cadeia (contava às vezes) aprendi o que é a vida: você está lá dentro e lhe descem o cacete e você aprende a mentir, a engolir a raiva. Na cadeia virei veado, viciado, virei ladrão, peronista, truqueiro, aprendi a atacar pelas costas, a dar cabeçada para quebrar o nariz de uns sujeitos que se você olhar torto eles te quebram a alma, aprendi a levar estilete escondido entre os colhões, a meter os saquinhos de coca no olho do cu, li todos os livros de história da biblioteca porque não sabia o que fazer, pode me perguntar quem ganhou a batalha que te der na telha no ano que quiser e eu digo, porque na cadeia você não tem porra nenhuma para fazer e então lê, olha para o ar, fica zonzo com o barulho que fazem os pobres-diabos trancados ali, se enraivece, se enche de raiva como se a respirasse, escuta os patetas contar sempre as mesmas baboseiras, pensa que é quinta-feira e na verdade ainda é segunda-feira à tarde, aprendi a jogar xadrez, aprendi a fazer cintos com o papel prateado dos cigarros, aprendi a foder minha namorada em pé no pátio, no horário de visitas, numa espécie de barraquinha feita com um lençol, num cantinho, os outros presos te ajudam, pois eles também estão com a esposa e os pirralhos e têm que se esconder para poder dar uma trepada, as garotas são descaradas, baixam as calcinhas, sentam em cima de você, enquanto os samangos te espiam, te gozam, riem do imbecil, como ele está excitado, homens adultos que não conseguem foder, porque para isso te encanam, para que você não possa afogar o ganso, por isso você se enche de raiva, te deixam numa geladeira, te enfiam numa jaula cheia de machos e ninguém pode foder, você quer e eles te dão porrada, ou pior, fazem você se sentir um mendigo, um vagabundo, você termina falando sozinho, tendo visões (e o Gaúcho o deixava falar, lhe dizia que sim, às vezes até lhe pegava a mão, no escuro, os dois acordados, fumando, de barriga para cima, na cama, em algum lugar, em algum hotel, em alguma cidade do interior, escondidos, trancados, os gêmeos de mãos dadas, fugindo da justa, com o revólver no chão enrolado numa toalha, o carro escondido entre as árvores, parando um pouco no caminho, tentando descansar e se acalmar, deixar de fugir pelo menos uma noite, dormir numa cama). E o Nene ficava alucinado, ali tinha aprendido a sentir o rancor dos guardas que lhe desciam o cacete, sem mais nem menos, porque ele era jovem, porque era lindo, porque tinha um caralho maior do que o deles (dizia o Nene), aprendi a guardar o ódio dentro de mim, terrível a raiva, como um fogo, o ódio é que te mantém vivo, você passa a noite sem poder dormir, na cadeia, olhando a luzinha do teto, que tremelica, fraca, meio amarela, acesa vinte e quatro horas por dia para que possam espiá-lo, para obrigá-lo a ficar com as mãos fora das cobertas e não tocar punheta, passa um guarda e levanta a portinhola e vê você ali, acordado, pensando. Aprende a pensar sobretudo quando está na gaiola, um preso é por definição um sujeito que passa o dia pensando. Lembra, Gaúcho? Você vive na sua cabeça, se enfia ali, faz outra vida, dentro da cachola, vai, volta, na mente, como se tivesse uma tela, uma TV pessoal, você liga no seu canal e projeta a vida que poderia estar vivendo, é ou não é, meu irmão?, você se enfia ali dentro e viaja, com um pouco de droga que conseguir, tchau, está em outra, toma um táxi, desce na esquina da casa da sua velha, entra no bar da Rivadavia com a Medrano e fica olhando pela janela os caras que jogam água na calçada, qualquer besteira. Uma vez passei uns três dias fazendo uma casa, juro, comecei com o cimento e fui fazendo, de memória, a casa, os andares, as paredes, as escadas, o teto, os móveis. Depois que você termina de fazer, põe uma bomba e ela explode, o tempo todo você pensa que os caras querem te enlouquecer. Que é isso que eles querem. E te enlouquecem, mais cedo ou mais tarde. Pois se você fica o tempo todo pensando! Você teve tantas idéias no final do dia e se mexeu tão pouco que é, sei lá, como esses caras que subiam numa montanha e ficavam meditando seis, sete anos, não é? os eremitas, se chamavam, numa gruta, os caras, pensam em Deus, em Maria Santíssima, fazem promessas, não comem, são iguais a quem está em cana, tantos pensamentos e tão pouca experiência real, que no final você é como um crânio, como um vaso, com uma planta, os pensamentos se arrastam em você como vermes na bosta. Se eu te contasse as coisas que pensei quando estava atrás das grades daria para falar, sei lá, a mesma quantidade de tempo que fiquei preso. Eu me lembrava das garotinhas de oito, dez anos que tinha conhecido na escola, e as fazia crescer, via-as se desenvolvendo, pular corda, na hora da sesta, via-as de soquetes brancas, as pernas magras, os peitinhos que começam a crescer e depois de uma semana em que ficava nesse barato eu já estava trepando com elas, não deixava que elas crescessem muito, ia estuprá-las no terreno baldio, atrás da estrada de ferro, tem um matagal e depois uns bambus e um campinho e eu comia o cabaço delas, botava-as de barriga para cima e as segurava levantando, só isso, com as duas mãos, a bundinha, e metia, demorava bem uma hora e no final as desvirginava. Houve até uma que estudou comigo, acho que fizemos o terceiro ano juntos, que depois eu comecei a pensar que a levava para o terreno baldio, em Adrogué, na curva do trem que vai para Burzaco, essa garota queria casar virgem porque o noivo era médico, imagine, um cara com grana, e então eu a fodia pelo cu. Eu dizia, o seu marido não vai notar nada, você está lacrada, está intata, e ela deitada de bruços no campinho, com o cacete enterrado no cu, uma garotinha de quinze anos, imagine, bem putinha, bem tranqüila, porque ia chegar ao casamento com o cabaço intato. Às vezes eu pensava numa mulher e a sentava na janela da cela e começava a lhe chupar o clitóris, podia ser qualquer moça, minha irmã, podia ser. Mas as mulheres não são o pior, porque mulheres, mal ou bem, você pode ver, lembrar-se delas, o pior é que eles te deixam trancado e você não vive, fica que nem morto, e eles te fazem fazer o que querem e essa vida vazia a longo prazo te arrebenta, te enche de rancor, te envenena. Por isso é que quem vai preso vira carne de cadeia, sai e volta, sai e volta, e isso acontece por causa da imensa raiva que te inculcam aqui dentro. O Nene tinha jurado que nunca mais ia ser pego, iam ter que agarrá-lo dormindo, e nem dormindo iam conseguir levá-lo preso.

Agora estava protegido, naquele esconderijo, no centro de Montevidéu, mas não conseguia parar quieto, se sentia trancado ali também, tinham que esperar, tinham sempre que esperar, ele olhava para Malito e Mereles e para os uruguaios que ganhavam deles, jogar pôquer horas a fio e ele não agüentava a calma, o encerramento, queria sair, tomar ar. O Gaúcho passava as horas dormindo, tinha arranjado alguma droga, ópio, morfina, vá saber, vivia assaltando farmácias ou encontrando traficantes que lhe traziam comprimidos, gotas, vidros, e vivia nas nuvens, nesses dias em que tinham acabado de chegar a Montevidéu, jogado na cama, sintonizando (como dizia Mereles) as vozes da loucura.

O Nene Brignone, em compensação, não conseguia parar quieto, tinha pressentimentos, vontade de respirar ar puro, e então se mandava e ia circular assim que caía a noite. Estava convencido de que se a polícia andava na pista deles pouco importava que tomassem cuidado, e se a polícia não estava na pista a possibilidade de encontrá-los era remota. Malito deixava-o sair. Havia um certo fatalismo em todos eles e ninguém podia imaginar a guinada inesperada que estava por acontecer. Quem vive sob pressão, em situação de extremo perigo, perseguido, acossado, sabe que o acaso é mais importante do que a coragem para sobreviver num combate. Mas aquilo não era um combate, era mais um complexo movimento de manobras dilatórias, de esperas e de postergações. Estavam esperando que a tormenta amainasse e que Nando lhes mandasse um contato para cruzarem por terra a fronteira com o Brasil.

O Nene começou a bater perna pela Cidade Velha, pela rua Sarandí, pela rua Colón. Gostava de Montevidéu, uma cidade tranqüila, de casas baixas. Estava cheio de esperar e então ia à luta, ao entardecer. O Gaúcho o olhava ir embora sabendo para onde ia, mas sem perguntar, sem dizer nada. Tinha montado uma espécie de cafua num canto, num desvão, no fim da escada, o Gaúcho, e para lá se retirava a fim de pensar ou desenhar os motores que apareciam na *Mecânica Popular.* O Nene o convidou para sair umas duas vezes mas o Gaúcho não queria saber de nada. "Fico aqui, no meu cubículo imundo" dizia, sorrindo, com os óculos Clipper que lhe davam (imaginava) um jeito de aviador, de homem do mundo, que vive sempre na penumbra, à meia-luz, isolado no seu refúgio. Então o Nene se despedia e ia embora, descia para a rua e sentia a emoção da aventura que lhe aflorava ao subir a ladeira e ir andando para o cheiro acre que vinha do porto.

Entre o bando de garotões e michês que andam pela praça Zavala em Montevidéu costuma haver algumas moças vadias. São muito jovens, em geral prematuramente amadurecidas. Estão por dentro de tudo o que diz respeito aos rapazes com quem trepam e com quem às vezes vivem: que esses rapazes procuram outros homens e que de vez em quando pagam ou são pagos. E, mesmo sabendo, não ligam. Vez por outra, uma das moças vai ao parque com um fanchão e se sentam juntos até que ele descola um programa e aí, como por acordo tácito, se separam: o rapaz vai com o cliente, a moça vai para o café da esquina, onde o espera.

Uma dessas moças despertou a curiosidade do Nene. Era a mais vistosa: teria dezenove anos, de cabelo preto comprido e olhos hipnóticos. Olhava os homens com uma espécie de sorriso que a fazia parecer pensativa, como se o mundo, embora triste e podre, a divertisse e enchesse de vontade de viver. Havia algo estranho na garota, como se ela estivesse ausente, como se olhasse tudo de longe.

Lá fora a polícia tinha prendido um rapaz que era uma drag queen, com a carinha toda borrada e uma peruca loura. A moça sorriu e disse:

— Pois é, outra Rainha da Noite que vai presa por desobedecer às regras de trânsito.

O Nene saiu do seu lugar e foi se sentar ao lado da moça e por instantes conversaram despreocupadamente. Saíram do café, depois, e entraram no parque e sentaram num banco defronte de um velho que pregava com uma bíblia apoiada num atril e um megafone na boca.

— A palavra de Cristo está em nós, irmãos e irmãs.

Falava como se estivesse sozinho, o velho. E abençoava, fazendo o sinal-da-cruz com a mão no ar. Vestia um redingote escuro e parecia muito digno, talvez um sacerdote, um pouco louco, um ex-alcoólatra quem sabe, um foragido do Exército da Salvação, um pecador arrependido.

— Duas vezes Jesus foi renegado e duas vezes foi castigado o traidor.

A voz do velho que pregava se misturou com o sussurro do vento nas árvores. Pela primeira vez em muitos meses o Nene se sentiu bem e em paz. (Pela primeira vez, quem sabe, desde que entrara para a gangue de Malito, sentiu-se em segurança.) Estava ali no parque sentado com a moça, e gostava que o vissem com ela alguns dos homens que tinham sido seus clientes e tinham estado com ele, na noite anterior, ou na noite anterior à noite anterior, nos banheiros do cinema Rex.

Até que ela o olhou sorrindo e o surpreendeu quando disse:

— Tem algo em você que me desnorteia. Eu te vi no cinema e te vi peruando por aí e você se parece com os outros, mas não é igual a eles, tem alguma coisa a mais. É mais homem...

A moça dizia o que pensava, sem rodeios e com sinceridade. O Nene estava tão acostumado a fingir e a que todos mentissem que ficou maravilhado e teve medo. Não gostava que as mulheres o encarassem, que lhe dissessem que era um veado.

— Menina — disse. — Você está um pouco confusa, parece. Fala demais, fala igual a uma galinha uruguaia. Ou é tira? Você é tira? — Ria agora, o Nene. — Você é a policial feminina da brigada de Pocitos? Ou está me dando uma cantada?

Ela acariciou seu rosto e se encostou nele.

— Calma. Vem cá, o que é que você está dizendo, shsh... Estou dizendo que reparei em você desde que você apareceu por aqui, na sexta-feira, com esse paletó de veludo. — Pegou no braço dele, sentiu o brilho elétrico e a suavidade do tecido na palma da mão. — E vejo que você é e não é igual aos outros e que não fala com ninguém. E é argentino. Você não é de Buenos Aires? — Era de Buenos Aires e vivia em Buenos Aires, e estava em Montevidéu a negócios, vendia tecidos de contrabando. Uma versão qualquer, verossímil, que se sustentasse até a manhã seguinte. Todos os argentinos que andavam por Montevidéu eram contrabandistas. Ela riu com uma risada que a deixava mais jovem e o beijou na boca e depois (como temia o Nene) começou a contar-lhe ou a inventar (ela também) uma história.

Trabalhava de taxi-girl numa boate, e vinha do outro lado de Río Negro. Esperava juntar dinheiro e se estabelecer por conta própria algum dia, noutra zona da cidade, perto do Mercado talvez, onde estavam os inferninhos decentes, onde não havia homossexuais, nem bonecas, nem negros ordinários que desciam do Cerro. Gostava dos argentinos porque eram educados e porque falavam com distinção. Ela, por sua vez, tinha um modo de falar muito arcaico, porque era do interior e porque dizia tudo o que lhe passava pela cabeça. Era sincera. Ou parecia sincera, meio cafona, claro, como uma dama antiga (como seria o que ela imaginava ser uma dama antiga). Ele não se lembrava das fantasias que tinha visto, em garoto, nas gravuras da revista *Billiken*? Ela, sim, se lembrava: "O Leão da França", "A holandesa", "A dama antiga". A moça era uma moreninha simples, do campo, mas tinha como que um ar de grandeza, uma coisa ao mesmo tempo autêntica e teatral, que ele apreciou. Uma irmã, era essa moça, e ao mesmo tempo uma mulher da vida. Sempre ele quisera ter uma irmã, uma mulher jovem e bonita em quem pudesse confiar e que ele se sentisse obrigado a manter longe de seu corpo. Uma mulher da sua idade, bonita, com quem se exibir, sem que ninguém soubesse que era sua irmã. Sentiu isso e lhe disse, na mesma hora.

— Sua irmã? Você gostaria que eu fosse sua irmã?

A moça sorriu, surpresa, e o Nene respondeu de modo brusco.

— Por quê? Parece esquisito?

Como todos os que representam o papel masculino com outros homens (declarou mais tarde a garota), o Nene era muito suscetível quanto à sua masculinidade.

O Nene estava cheio de andar com maricas. Aquilo lhe vinha em rompantes. Agora não queria que nenhum daqueles caras que zanzavam pela praça olhasse para ele, tinha-os conhecido circunstancialmente, numa transa rápida, nos banheiros cheirando a creolina, com paredes onde se descreviam atos monstruosos e se escreviam frases de amor. Havia nomes gravados como se fossem o nome de um deus, corações amorosamente mal desenhados, membros monstruosos, pintados como pássaros sagrados nas paredes dos "mictórios" das estações e nas poltronas do cinema El Hindú e no vestiário dos clubes. Sentia de repente a necessidade de se humilhar, era como uma doença, como uma graça, um sopro no coração, algo que não se pode impedir. A mesma força cega que arrasta quem sente a atração irresistível de entrar numa igreja e se confessar. Ele se ajoelhava diante daqueles desconhecidos, ficava imóvel (seria melhor dizer que a moça contou que ele tinha dito) na frente deles como se fossem deuses, sabendo o tempo todo que ao menor gesto em falso, à menor insinuação de um sorriso, de uma brincadeira, podia matá-los, que bastava um movimento desastrado, uma palavra a mais, para que morressem com um gesto de horror e de surpresa na cara e uma navalha enfiada no estômago. Eles, que se despiam, parados como reis em frente ao Nene, não sabiam quem ele era, não imaginavam, não eram capazes de intuir o risco que corriam. Era poderoso o Nene mas estava ajoelhado no chão, enjoado com o cheiro de desinfetante, enquanto um desconhecido falava com ele e lhe pagava. Ou era ele quem pagava? Jamais conseguia se lembrar nitidamente do que havia feito, nem na noite anterior, nem na noite anterior à noite anterior, em sua escapada pelos bares do porto e em suas transas na penumbra do cinema El Hindú. Só se lembrava da força irresistível que o fazia se levantar e ir para a rua, era como uma euforia que não podia parar, que não o deixava pensar que no final (disse à moça, segundo ela declarou) o deixava sem pensamentos, vazio e livre, preso a uma idéia fixa. É como procurar algo que se perdeu e que de repente aparece sob uma luz branca, no meio da rua. É irresistível. Até que depois, um pouco desorientado, como ao sair de um sonho, voltava para o apartamento onde o aguardava Malito e onde todos esperavam que Nando os ajudasse a atravessar para o Brasil e sempre que chegava o Gaúcho estava enfurnado no seu silêncio, quieto, furioso talvez, fechado no que chamava seu "cubículo imundo", num canto, lá em cima, no fim da escada. Mas isso não foi ela que contou (foi o Gaúcho que contou), porque a garota pensava que o Nene era um muambeiro que traficava casimira inglesa de Colonia para Buenos Aires, que vivia de fazer um contrabando permanente e que tinha seus vícios, como todos os homens com quem a garota transava desde que estava na cidade.

Mas o Nene, em compensação (e ele disse), com aquela moça se sentia bem, protegido, não havia perigo enquanto estivesse com ela, só que ia ter que acompanhá-la e relaxar, ficar com a mulher um tempo, longe do Gaúcho Louro, do irmão gêmeo, longe do Corvo, por um momento, como um homem normal.

Seja como for, o destino havia começado a montar sua trama, a tecer sua intriga, a entrelaçar num ponto (e isso escreveu o rapaz que fazia reportagem policial para o *El Mundo*) os fios soltos daquilo que os antigos gregos chamaram *mythos*.

— Eu tenho um lugar perto daqui. Uns rapazes do cabaré me emprestam — disse ela — e nunca estão lá.

O apartamento tinha duas peças e um living e estava em completa desordem: pratos por lavar, empilhados na cozinha, restos de mate e de comida no chão, a roupa da moça numa mala aberta. Havia duas camas num quarto, um sofá e um colchão jogado em cima de um estrado.

— Uma mulher vem limpar mas só nas segundas-feiras.

— Quem usa isto aqui? Parece um pardieiro — disse o Nene.

— É de uns amigos da boate, já te disse, onde eu trabalho. Eles me emprestam durante a semana toda e no sábado eu volto para a pensão.

O Nene deu uma volta pelo apartamento, olhou as janelas que davam para um pátio interno, o corredor que desembocava na escada.

— Em cima há o quê?

— Outro apartamento e um terraço. — Procurou atrás da cama e saiu com um disco de 45 rotações. — Você gosta dos Head and Body...

— Você é telepata?... Claro, gosto mais do que dos Rolling...

— É — disse ela. — São fantásticos, são um barato.

— Quando eu era criança era vidente — o Nene ri. — Mas tive um problema e perdi todo o poder.

Ela olha para ele, achando graça, certa de que o cara está gozando a cara dela.

— Um acidente?

— Bem, eu não, uns amigos que iam comigo num carro, começaram a fazer besteiras. Estávamos todos bêbados, eu bebia pinga naquela época... Acabei preso. E parei de ver o que via quando era criança.

— Beber é ruim, prefiro hash — disse a moça, e sentou-se num canto para preparar um baseado. Tinha jeito de hippie, agora é que o Nene se dava conta. Uma hippie uruguaia, com aqueles vestidos compridos e as trancinhas, e que além disso trabalhava num inferninho, era demais.

— Quando eu era criança, por exemplo, via meu tio Federico que tinha morrido dois anos antes, e falava com ele.

Ela olhava para ele, séria e atenta, enrolando o cigarro com movimentos suaves. Ele lhe contou a história quando começaram a fumar porque era como falar de uma época de sua vida que ele perdera, nunca falava com ninguém de quando era criança, do tempo anterior ao tempo morto em que começara a ir em cana.

— Meu tio Federico era um sujeito genial, que se ferrou duas ou três vezes e sempre dava a volta por cima. Doido por corrida de cavalo, um grande sujeito. Vivia em Tandil, eu ia visitá-lo e ficava com ele. Tinha uma oficina mecânica e consertava as carrocerias dos carros da Kaiser, o negócio ia muito bem, mas o filho foi fulminado numa tarde, soldando com autógena, um acidente ridículo, tinha um fiozinho desencapado pelo qual passou corrente e meu tio viu o rapaz morrendo. Não conseguiu chegar a tempo, quando puxou o fio o Cholito já estava morto. A partir daí meu tio se largou, não queria ver ninguém, passava o dia jogado na cama com as janelas fechadas, fumava e tomava chimarrão e ficava encanando. Ia jogando o mate usado por cima de uns jornais, no chão, e no final tinha que nem uma parva, uma espécie de ilha verde de erva seca no meio do quarto e ele não deixava que entrassem, nem que abrissem as janelas (contou o Nene, declarou depois a moça) e sempre dizia que no dia seguinte ia se levantar. Fui visitá-lo uma tarde e ele estava ali, recostado na cama, de cara para a parede, sem fazer nada. "Olá, Nene, quando chegou?", me disse. Depois ficou um instante calado. "Não estou com a menor vontade de me levantar", disse. "Faça um favor, me compre um maço de Particulares Fuertes." E fui para a porta e ele me chamou. "Nene", disse, "melhor comprar dois maços, assim eu guardo."

"Essa foi a última vez que vi o tio Federico vivo (disse o Nene, e deu uma tragada longa e profunda no baseado, e sentiu o cheiro acre, primeiro na garganta e depois no fundo dos pulmões) porque morreu naquela semana e, a partir daí, a toda hora ele me aparecia. (Caiu na risada, como se tivesse dito uma piada muito engraçada. Não conseguia parar de rir e a moça começou a rir junto com ele enquanto lhe passava o baseado.) Era uma coisa muito esquisita, porque ele estava morto, via-o direitinho, parado na minha frente, sabia que estava morto, mas isso não tinha a menor importância. Nesse tempo eu tinha mais ou menos a mesma idade que o Cholito quando morreu, dezesseis, dezessete anos, por isso ele me aparecia, talvez, como se eu fosse o filho dele. Ficava perto de mim, a uma distância daqui à parede (eu o via e obviamente percebia que era uma alucinação, mas via como estou vendo você), fumando um cigarro, e não me dizia nada. Sorria. Embora eu falasse com ele, ele não me ouvia, continuava parado ali, fumando, meio encurvado, a cinza do cigarro sempre prestes a cair, sorria. — O Nene começou a rir de repente, ao perceber que tinha contado aquilo à moça. — Era uma assombração... Que me aparecia. Nunca conto isso a ninguém, mas é verdade.

— Pois é — disse ela, e lhe passou o cigarro. — Eu me referia a isso quando disse que tinha alguma coisa em você que me desorientava. Quer dizer, parece que você é daqui mas tem a alma no outro lado... — O haxixe, porque talvez fosse haxixe e não maconha, deixava-a com a fala lenta, como se escolhesse sempre cada palavra. — O que você anda fazendo na margem de cá?

— Estou de passagem. Vou para o México... Tenho uma amiga que vive em Guanajuato... Coitadinha — disse, sem saber bem a quem se referia. Havia pensado na uruguaia ou no seu amigo, a drag queen, que tinha ido viver em Guanajuato porque estava cansada de viver na cidade? Também havia pensado na mãe, coitadinha, que nessas alturas já devia saber que a polícia do mundo inteiro estava atrás dele. — Minha mãe — disse — queria que eu estudasse arquitetura. Queria ter um filho que fizesse casas porque o meu velho tinha uma firma de construção.

O fumo o deixava melancólico, era sempre assim, o entristecia e ao mesmo tempo o relaxava, sentia-se mole e lúcido.

— Eu também estou de passagem... fui embora de casa. Espere aí, quase que vou esquecendo — disse a moça, e primeiro lhe passou a guimba que segurava com uma pinça de depilação e depois ficou de joelhos procurando debaixo da cama.

Lá do fundo tirou um Winco e pôs o disco no prato. Era um disco com duas faixas dos Head and Body (as músicas eram "Parallel lives" e "Brave Captain" e a moça as estava escutando havia meses, o tempo todo, sem parar, sempre as mesmas, de um lado e de outro, e já estavam um pouco arranhadas).

— Vamos ouvir?

— Claro... — disse o Nene.

— Este é o único que eu tenho — disse ela.

Começou a tocar "Parallel lives" a todo volume e eles mexiam o corpo no ritmo da música e fumavam uma guimbinha de marijuana até queimar os lábios com a brasa. Ouvia-se o barulho da agulha no toca-discos vagabundo mas mesmo assim a música vibrava obsessivamente, e os dois começaram a fazer coro ao rock-and-roll e a cantar em inglês.

I spent all my money in a Mexican whorehouse
Across the street from a Catholic church.
And if I can find a book of matches
I'goin' to burn this hotel down...

Cantavam a moça e ele, repetindo os sons num inglês selvagem, aos gritos, acompanhando a música, alegres e furiosos.

Quando terminou o disco, o Nene deitou ao lado dela na cama desarrumada e pegou sua mão (que estava muito fria) e a apertou contra o corpo com uma sensação de estranheza e de perda. Depois fechou os olhos.

— Nene — disse ela, que falava de um jeito meio confuso, mas com grande emoção, como se estivesse dizendo verdades importantes. — Conheço bem o lance. Você tem que fingir que não liga para nada e seguir em frente com gente que realmente não liga para nada, ou do contrário você se ferra...

Ele a olhou, esperando que prosseguisse, e ela se apoiou num cotovelo e depois de uma longa pausa beijou-o na boca. A moça tinha um jeito de falar confuso e apaixonado, que ele apreciava, como se quisesse parecer mais séria ou mais intelectual e usasse palavras que não compreendia nem um pouco.

— Você procura alguma coisa que não conhece e aí cai no desespero — disse ela, e depois cantarolou a outra música ("Brave Captain") dos Head and Body que tocava alto como uma versão mais dura e mais feroz da vida que estavam vivendo.

— *You got to tell me brave captain.* — Cantava. — *Why are the wicked so strong.*

— Tire a blusa.

Com um sobressalto assim que o Nene começou a despi-la ela se sentou na cama e de repente se sentiu ofendida.

— Todos vocês estão o tempo todo dizendo sempre que são uns machinhos, e trepam com as mulheres para provar isso e quando transam entre vocês dizem que é só por dinheiro. Por que você não larga tudo, se realmente quer deixar tudo isso, e foge para o seu próprio mundo interior?... Largue isso agora mesmo. Arrume um trabalho.

— Eu trabalho o tempo todo e não quero falar dessa merda — ele respondeu, na defensiva.

— Mas você sempre recomeça. Com os machos. Gosta deles?

Era sincera e brutal. Ele meneou a cabeça, com seriedade.

— Gosto...

— Desde quando?

— Não sei. O que há?

Ela o abraçou e ele quase sem perceber recomeçou a falar, como se estivesse sozinho. Então a moça começou a triturar o haxixe num cachimbo muito fininho, muito comprido, de bambu, com um fornilho redondo, onde a droga queimava e crepitava.

Era como uma doença, saía de noite, como um vagabundo em busca de humilhação e de prazer.

— Eu me chateio — disse o Nene. — Você não se chateia? Gosto dos homens, me dá vontade de vez em quando, se fico muito tempo sem sair, começo a me chatear. Estou cansado, minha mulher é professora, vivemos numa casa em Liniers, tenho dois filhos. — Mentir ajudava-o a falar e ele via o rosto da garota iluminado pela luz da droga e depois sentia a leveza do cachimbo em sua mão e a fumaça que lhe descia pelos pulmões e se sentia razoavelmente feliz. — Mas não me interessa a vida de família. Minha mulher é uma santa, meus filhos são uns pestinhas. Só me entendo com meu irmão, tenho um irmão gêmeo. Já falei dele para você? Chamam ele de Gaúcho porque viveu muito tempo no campo, em Dolores... Tem problemas neurológicos, é muito calado e ouve vozes que falam com ele. Eu cuido dele e gosto dele mais que da minha mulher e dos meus filhos. Isso tem alguma coisa de mais? A vida — custava a concatenar os pensamentos —, a vida é como um trem de carga, você já não viu de noite passar um trem de carga, devagar, não termina nunca, parece que não termina nunca de passar, mas no final você fica olhando a luzinha vermelha do último vagão que se afasta.

— É isso mesmo — disse ela. — Os trens de carga que cruzam o campo, de noite. Quer mais? — ela disse. — Tenho mais. É da boa, sabe? É brasileira. Quando eu era criança na minha aldeia eu olhava passar os trens e sempre tinha algum miserável trepado lá em cima, eu sou do outro lado do rio Negro, os trens vinham do Sul e seguiam para o Rio Grande do Sul.

Ficaram quietos, de barriga para cima, em silêncio, muito tempo. Ouvia-se passar um trem de vez em quando e o Nene percebeu que por causa do barulho se lembrara dos trens de carga que passavam por Belgrano R, quando era criança. A garota começou a se despir. O Nene se virou e começou a beijá-la e a tocar nos seus peitos. Ela se sentou na cama e tirou a roupa num instante. Tinha a pele branca, que parecia uma luz na penumbra do quarto.

— Espere — disse, quando ele estava prestes a entrar nela. Nua, pulou da cama. Foi ao banheiro e voltou com uma camisinha. — Nunca se sabe onde vocês meteram o caralho — disse, brutal, como se fosse outra, como se tudo tivesse sido um jogo que terminara e agora ela fosse agir como uma puta. Ele a agarrou pelos pulsos, esmagando-a com os braços abertos em cima da cama, e lhe falou enquanto a beijava no pescoço.

— E você? — disse, sem deixá-la se mexer. — Todos os giletes do Mercado te foderam... várias vezes. — Arrependeu-se enquanto lhe dizia.

— Tá bom — ela suspirou com tristeza.

Depois se abraçaram com uma espécie de ansiedade e ela disse:

— Eu ainda não te disse quem sou. Me chamam Giselle, mas meu nome é Margarita. — Pegou o membro dele e o colocou dentro de si, com as pernas levantadas. — Devagar — disse, e o guiou. — Meta.

Diversas vezes pararam e voltaram a fumar e a escutar o disco dos Head and Body e no final ela se virou, nua, e se apoiou na moldura da janela, com a bunda levantada, de costas. O Nene foi entrando devagarinho até sentir as nádegas da moça contra seu ventre.

— Enfie tudo — disse ela, e virou o rosto para beijá-lo.

Ele lhe apertou a nuca, o cabelo curto e duro e ela virou novamente o rosto, com os olhos abertos, e depois gemeu abertamente e falou devagar, com voz suave, como se se desculpasse, suspirando.

— Vou encher a sua pica de merda, a cabeça toda cheia de merda.

O Nene sentiu que ia gozar e se soltou.

Saiu dela e se limpou com o lençol. Depois virou de barriga para cima e pegou um cigarro. A moça lhe acariciava o peito e ele sentiu que dormia pela primeira vez depois de meses e meses vivendo acordado.

A partir dessa tarde, e por toda a semana seguinte, de vez em quando ia vê-la no café do mercado e ficavam no apartamento vazio. Sempre tocava aquele disco dos Head and Body, sempre as duas músicas, que eles sabiam de cor, e fumavam um pouco de haxixe e conversavam até pegar no sono. Ele começou a deixar-lhe dinheiro, que ela aceitava com naturalidade.

Tempos atrás, mas não muito tempo atrás (segundo disseram depois os jornais), a moreninha tinha vindo do interior com um monte de ilusões a respeito da capital. Era do outro lado do rio Negro mas as águas do rio que correm sob a represa não eram um espelho suficiente em que ela pudesse se olhar crescendo. Foi para Montevidéu com toda a inocência e a esperança conferidas pelo frescor da jovem beleza feminina. Na cidade foi se emaranhando nos fios brilhantes da noite e da boate chamada Bonanza, passou depois para outra chamada Sayonara, para terminar em outra boate do centro, conhecida como El Molino Rojo, onde encontrou um amigo que a pôs para circular em ambientes de categoria. Esse amigo é um dos donos da boate.

Foi também nessa boate que os dois fazendeiros do Leste sublocaram aquele apartamento. Era central, o lugar, era barata, a sublocação, e a casa tinha todo o necessário para uma garçonnière. Mas da amizade travada no convívio noturno quase cotidiano resultou também a mudança da moreninha para o apartamento: uma "gauchada" que os novos titulares do apartamento faziam ao dono da boate.

Depois, com a boataria correndo, a coisa se complicou e o apartamento teve como que multiplicadas as chaves que permitiam a entrada de novos usuários ocasionais. Na noite da véspera, por exemplo, um dos garçons da boate tinha pernoitado ali, onde deixara os documentos, uns objetos pessoais e também umas peças de roupa. Os freqüentadores habituais do pálido ambiente da noite podiam, enfim, no apartamento da rua Julio Herrera y Obes, ter seus encontros ocasionais. Portanto, não surpreende que nesse encadeamento de circunstâncias, nessa multiplicidade de proprietários reais e aparentes, se devesse procurar a chave do equívoco que acabou levando até lá os portenhos. Já se disse: na luz escassa dos antros cabareteiros tecem-se estranhas amizades que não o são quando amanhece o dia.

CINCO

A senhorita Lucía viu que dois homens estavam trocando a placa de um Studebaker estacionado perto da esquina e achou estranho. Um tinha uma chave de fenda ou quem sabe uma navalha, ela não conseguia distinguir direito daquela distância, e estava de cócoras afrouxando os parafusos da placa, enquanto o outro, um louro grandão com uma atadura no pescoço, segurava a outra placa. A mulher dormia nos fundos da padaria e naquela manhã acordara ao alvorecer. Abriu o estabelecimento e teve de acender as luzes porque ainda era noite. Pela vitrine, enquanto tomava chimarrão, ficou olhando a figura dos dois homens que agachados ao lado do carro faziam brincadeiras e se divertiam. Ou isso Lucía pensou, porque em nenhum momento os viu preocupados ou escondidos, ou temendo ser flagrados. Ao contrário, faziam o serviço com a atitude de quem está trocando o pneu de um carro.

Lucía era muito observadora, seu trabalho na padaria tinha desenvolvido nela uma capacidade especial de observação, quase um sexto sentido (declarou), porque era capaz de se lembrar do rosto de um freguês ocasional só ao vê-lo passar por qualquer rua da cidade vários dias depois. Mas não precisava de nenhuma capacidade especial para compreender o que estava acontecendo na esquina com aqueles indivíduos que mexiam na placa do Studebaker. Nesse bairro de Montevidéu todos se conheciam e não costumava haver novidades ou acontecer coisas estranhas. Desde que ela estava à frente do negócio só uma vez um homem tivera um mal-estar e morrera na calçada, de repente, de um ataque do coração. Ficou caído na rua de barriga para cima, sem poder respirar, e com um lenço branco tentava cobrir o rosto. Lucía se aproximou quando o homem já estava morto e ficou sozinha com o cadáver diante da padaria até que apareceu o encarregado da farmácia da esquina e chamou a Assistência.

Dessa vez as coisas eram diferentes e havia possibilidade de intervir antes que fosse tarde. Por isso pegou o telefone e, embora tenha hesitado, porque não gostava de se meter na vida dos outros, depois sentiu uma estranha emoção, como se algo importante estivesse em suas mãos, e chamou a polícia. Em seguida, apagou a luz da padaria e ficou olhando.

Voltou a experimentar o que ela mesma chamava de tentação do mal, um impulso que às vezes lhe dava de fazer o mal ou ver alguém fazendo o mal a outra pessoa, e contra essa tentação lutava desde criança. Por exemplo, quando o homem teve o ataque, ficou quieta, olhando-o morrer, e sempre pensou que se tivesse reagido sem se deixar levar pela curiosidade que a paralisava, enquanto o cavalheiro de cara lívida se agitava e se sufocava deitado sobre as lajes da calçada, o homem com o lenço na cara poderia ter se salvado. Em compensação, agora agiu quase sem titubear e depois de fazer a denúncia se dispôs a esperar. Parecia um simples roubo de carro e ela jamais imaginou o que iria ver.

Pela vitrine da padaria, naquele bairro tranqüilo de Montevidéu, ela controlava a rua toda. "Melhor do que no cinema", declarou depois a senhorita Lucía Passero.

Uma verdadeira orgia de sangue (segundo os jornais) começou assim no Uruguai na quarta-feira 4 de novembro de 1965 quando da padaria que ficava na rua Enriqueta

Comte y Riqué, quase na Marmarajá, percebeu-se que estacionado na calçada oposta havia um Studebaker vermelho dentro do qual dois homens fumavam tranqüilamente.

Segundos mais tarde emparelhou com ele um segundo veículo — um Hillman preto — do qual desceram outros dois desconhecidos que entregaram um embrulho aos primeiros. O Hillman partiu com os seus ocupantes e estacionou na virada da esquina. Viu-se então que do Studebaker saíam dois dos ocupantes e que se dedicavam à tarefa de substituir as suas placas por outra contida no embrulho que momentos antes tinham recebido.

Dois policiais apareceram na esquina e se aproximaram do carro estacionado. Pelo espelhinho, o primeiro que os viu foi o Corvo Mereles.

— Os homens — disse.

O Corvo abriu a porta do carro e se encostou no pára-lama, fumando, tranqüilo, enquanto se aproximavam os dois policiais. Um era preto, ou melhor, mulato, de cara achatada e cabelo pixaim, e o outro era um policial gordo, igual a qualquer outro policial gordo da cidade. Havia muitos tiras que não se cuidavam e que perdiam o fôlego se tivessem que correr, e só serviam para dar pauladas nos assaltantezinhos presos, indefesos, na rua, e pontapés nos rins com todo o peso desses seus corpanzis. Mas um preto, o Corvo nunca tinha visto um policial preto. Talvez no Brasil. Mas ele nunca tinha estado no Brasil. E na América do Norte, claro, os policiais pretos dos filmes norte-americanos que matavam outros pretos norte-americanos nas ruas do Bronx. Essa frase formou-se em sua cabeça como uma melodia enquanto ele deixava que os dois homens se aproximassem. Iam pedir-lhe documentos. Mereles sorriu com expressão afável. O negro vinha dois passos atrás e o gordo avançou na direção deles.

— Deixe ele comigo — disse o Gaúcho Dorda.

O policial gordo tocou no quepe e fez uma continência com dois dedos e olhou os que estavam no carro com cara de cachorro. O Gaúcho odiava os tiras mais do que qualquer outra coisa e antes que o sujeito tivesse tempo de suspirar meteu-lhe um tiro no peito. O policial caiu no chão e não morreu logo, gritava, tentava ficar encolhido na beira da calçada. O outro policial, o negro, pulou, agachado, para atrás do carro e começou a atirar.

— Cancela — disse o negro. — Ligue para a chefatura.

Cancela devia ter um walkie-talkie, mas não pôde usá-lo. Estava caído contra o bueiro (Lucía podia vê-lo perfeitamente) com o peito manchado de sangue, respirando com um ronco abafado, e mexeu a mão para cobrir a ferida, para tentar, quem sabe, estancar a hemorragia que lhe enchia a garganta de sangue.

Dorda pôs o braço pela janela do Studebaker e apagou o tal Cancela com um tiro no estômago. Ria, o Dorda.

— Arrebente-se, seu escroto — disse, e apontou para o outro policial enquanto o Corvo arrancava com o carro e o fazia sair correndo em disparada.

Mas o negro era valente e pulou para a frente atirando com a 45 e os irmãos gêmeos se deitaram no carro porque o uruguaio que vinha com eles estava ferido.

O negro parou no meio da rua e continuou atirando enquanto Mereles acelerava o carro e saía com os pneus cantando em direção à esquina. Durante o tiroteio o negro descarregou toda a sua pistola e por um instante se refugiou na entrada da farmácia para recarregá-la. Depois (prosseguia Lucía Passero) continuou atirando até que o carro dos marginais desaparecesse. Foi como assistir a um filme projetado só para ela, uma experiência inesquecível, aqueles homens agachados, atirando, o rosto gelado, os olhos parados, o cheiro de bosta da pólvora, a cor amarronzada do sangue, o chiado das rodas do carro que fugia inclinado só em cima de dois pneus e a figura tranqüila do negro que segurava a pistola com as duas mãos, bem firme, de pernas abertas, no calçamento. Eu vi, disse a mulher, que um dos marginais tinha sido ferido, e viu nitidamente que um tiro estraçalhou o vidro da janela traseira do carro ao passar diante da padaria e viu também que um dos caras se sacudia e tocava a cintura e depois olhava a própria mão ensangüentada.

— Me acertaram — disse o uruguaio, e baixou o rosto para olhar as mãos empapadas de sangue com as quais apertava a barriga. Estava calmo e lívido e tão surpreso pelo que lhe tinha acontecido que custava a reagir. Chamava-se Yamandú Raymond Acevedo e nunca antes tinha sido ferido. Aceitou trabalhar com os argentinos na falsificação do carro porque lhe pagaram uma montanha de grana e lhe prometeram mais se os levasse à fronteira, ao Rio Grande do Sul, pelo norte, por Santa Ana.

— Não podemos continuar com você — disse-lhe, frontal e sereno, o Nene Brignone. — Desculpe, meu irmão, mas você tem que descer.

— Você está me mandando pro beleléu, Nene, não me deixe caído aí, te peço pelo amor de Deus.

Yamandú o olhou com seu rosto pardo, implorando, primeiro ao Nene, e depois a Dorda, que estava com a Beretta empunhada, sobre os joelhos.

— Você está ferrado, Yamandú — disse o Gaúcho. — Tem que se virar sozinho, a gente tem que continuar, não vai acontecer nada com você.

— Não seja tão ruim, portenho, não me entregue, vamos até onde Malito está e que ele nos diga.

Dorda levantou a Beretta e encostou o gatilho na cabeça dele.

— Agradeça que eu não te arrebente. Se você for pego e abrir o bico vou te catar e te corto os ovos.

— Vocês são uns merdas, não se faz isso com um homem — disse o uruguaio.

O Corvo apenas reduziu a velocidade do carro e Yamandú abriu a porta do automóvel. Ia ter que se jogar para que não o matassem. Atirou-se do carro e caiu no calçamento, de costas.

O carro acelerou e Dorda sacou a arma pela janela e disparou mas não conseguiu matá-lo. Para Yamandú essa foi uma prova de que os argentinos estavam baratinados pois havia uma lei implícita, um código entre o pessoal do submundo que todos respeitavam. Ninguém abandona um companheiro ferido sem tentar ajudá-lo e ninguém mata um comparsa que agiu lealmente como se ele fosse um dedoduro. Eram uns loucos furiosos, disse Yamandú, eram uns caras que viviam numa piração total, queriam chegar a Nova York de carro pela Panamericana, assaltando bancos no caminho e roubando farmácias para se abastecer de droga. Ficavam todo ouriçados com isso, estudavam os mapas, as estradas secundárias, e calculavam quanto tempo iam levar para chegar à América do Norte. Estavam birutas, deliravam pensando em trabalhar para a máfia porto-riquenha de Nova York, em se meter no bairro, no gueto latino e recomeçar a vida lá, onde ninguém os conhece. Não conseguem escapar do centro de Montevidéu e querem ir para Manhattan porque o Nene ouviu dizer que o cantor de tangos que lhes deu todo o serviço para o assalto afirmou que conhecia um cubano que tem um restaurante em Nova York e querem ir para lá a fim de se associarem a ele, um delírio total. Nunca, disse Yamandú, vi uns caras iguais a esses. Exagerava, Yamandú, seguramente, para conseguir relaxar a pressão que sofria e para se fazer passar por um simples bestalhão, um otário dos argentinos, que o obrigavam a se meter em aventuras em que não queria entrar.

— Vai falar — disse o Gaúcho, furioso porque não tinha conseguido liquidá-lo. — Vai cagüetar nós todos... Ele conhece as casas, os esconderijos, onde é que a gente vai se meter agora?

— Calma, deixa eu pensar — disse o Nene.

— Pensar, vai pensar o quê! Vai falar, o sacana, filho da puta, a gente tem que voltar e matá-lo.

— Tem razão — disse o Corvo, e deu marcha a ré e voltou com o pé na tábua, com o carro recuando até a avenida onde o deixaram jogado, o uruguaio. Mas quando chegaram Yamandú tinha se arrastado até um terreno baldio e se enfiara nos fundos de um cabeleireiro, num galpãozinho, esperando que caísse a noite para poder se arrancar. Inclusive imaginou que, metido naquela espécie de galeria coberta, onde se guardavam os secadores de cabelo em forma de escafandro e de pé de metal, as poltronas giratórias de braços de couro branco, as pias com um cavado redondo na frente e várias torneiras e mangueirinhas para a lavagem de cabelo, com espelhos e bobs e caixas de pentes, conseguia ouvir o motor do carro que voltava e o procurava pelas ruas, e inclusive teve a impressão de ouvir (ou imaginou que ouvia) a voz do Gaúcho que o chamava como se fosse um gatinho. "Miau, miau, miau." Capaz de fazer coisas assim (segundo Yamandú), pois é um pirado total, um desvairado, faz tudo o que o Nene lhe pede e o Nene é mais frio do que uma víbora, não liga para porra nenhuma.

Deram várias voltas pela área e inclusive passaram diante dos fundos do galpão onde Yamandú estava escondido mas não o encontraram e então se afastaram do centro tentando sair da região porque se ouvia a sirene das radiopatrulhas chegando. Com toda a certeza a polícia já tinha as características do carro e quando pegassem o uruguaio iam ter todos os dados necessários para identificá-los. Malito estava como sempre isolado, sozinho num apartamento pelos lados de Pocitos que ninguém conhecia, fazendo um contato para retornar a Buenos Aires caso falhasse a travessia para o Brasil. Tinham um encontro marcado com ele no dia seguinte. Já, já, ia ser informado do que estava acontecendo.

— A gente tem que pegar tudo — disse o Corvo. — E bater em retirada.

— Vamos — disse o Nene. — Vamos tentar chegar antes da justa.

Tinham certeza de que Yamandú ia ser pego e de que, obviamente, ia entregá-los. Passaram pelo esconderijo onde haviam se enterrado desde que estavam em Montevidéu e levaram as armas e a grana, cinco minutos antes que chegasse a polícia. A partir daí, cortaram todos os contatos com os apoios que Nando lhes havia arrumado no Uruguai e começaram a procurar um lugar onde se enfurnar. Estavam desconectados, todo mundo fugia deles, como se tivessem lepra.

— Eu sei para onde a gente vai — disse então o Nene Brignone.

— Você tem um canto? — disse o Corvo.

Tinham parado num desvio na Rambla, defronte do rio. Tinham escondido o carro no meio de umas árvores, no parque Rodó, e tomavam cerveja no gargalo, sentados no estribo do automóvel, com as portas abertas e as armas e a grana amontoadas no buraco que antes era ocupado pelo banco traseiro.

— Esperem aqui.

O Nene atravessou a rua e se meteu num café e procurou o telefone no fundo do salão.

Nessas alturas Yamandú tinha sido localizado dentro de um cabeleireiro de mulheres. A polícia que patrulhava a área o encontrou agachado nos fundos do estabelecimento. Apesar de sua ferida no ventre, o bandido tentou escapar mas foi rendido. De joelhos, pediu clemência e finalmente delatou seus cupinchas dando a conhecer a procedência deles.

— Não me matem — disse. — São os portenhos.

O sujeito era mesmo Yamandú Raymond Acevedo, de nacionalidade uruguaia e farto prontuário. Foi levado para o

Hospital Militar, onde recebeu os primeiros socorros. Os médicos se encarregaram de mantê-lo acordado e lúcido.

Raymond, ao ser interrogado pela polícia, reconheceu ter participado do tiroteio em que morreu o policial Cancela e admitiu que ficara em companhia dos marginais argentinos até que estes, vendo que ele — Yamandú — não podia fugir porque estava ferido, tentaram matá-lo. Seu longo depoimento permitiu reconstituir os passos dos bandidos desde sua chegada a Montevidéu. Por outro lado, a polícia efetuou de imediato uma série de batidas para interceptar os contatos do bando.

Reunidos suficientes dados fisionômicos e características particulares dos quatro, estabeleceu-se contato com a polícia da margem vizinha (disseram os jornais). Chegou um jogo de fotografias dos bandidos e confirmou-se que eram os argentinos. Dos quatro homens que integravam o grupo, Yamandú reconhece na galeria de fotos três dos assaltantes argentinos. São Mereles, Brignone e Dorda. Nada se sabe, contudo, do paradeiro de Enrique Mario Malito.

O mundo do crime encontra-se em "estado de alerta" pois as investigações vão demonstrando que os assassinos, malfeitores e contrabandistas locais ajudaram a ocultar os bandidos portenhos e agora temem as represálias policiais. Na última hora circulou a versão de que a gangue de Malito teria se dirigido para Colonia numa desesperada tentativa de voltar a cruzar o rio rumo à terra argentina. Hoje (ontem) foi preso o contrabandista Omar Blasi Lentini, com sua mulher grávida e seus dois filhos pequenos, por procurar alojamento para o bando na casa do guarda alfandegário Pedro Glasser, na rua San Salvador, 2108. Na mesma hora a polícia foi atrás do bandido argentino Hernando Heguilein, "Nando", um ex-integrante da Aliança Libertadora Nacionalista dos tempos de Perón acusado por Lentini de ser a conexão de todo delinqüente de alto coturno que chegue ao Uruguai vindo do exterior, e que teria feito a ligação entre os fugitivos e a delinqüência uruguaia.

Na sexta-feira 5 de novembro uma equipe policial, depois de prender o delinqüente Lentini — que atuava na gangue de menores de "El Cacho" —, conseguiu a pista para chegar a Heguilein.

Esse sujeito estava escondido numa casa da rua Cufré, onde a polícia o flagrou de pijama no momento em que se barbeava. Apesar de estar cercado, fugiu pelo telhado e, depois de se jogar do terraço do prédio para um pátio vizinho, foi finalmente preso. Nando disse que tinha se separado da quadrilha, "horrorizado, quando ficou sabendo a maneira covarde como haviam tentado matar Yamandú. Sou um homem de princípios, um preso político. Pertenço ao Movimento Nacional Justicialista e luto pela volta do general Perón", declarou o marginal.

— Sei, é claro — respondeu-lhe o delegado Santana Cabris, da Direção de Investigações. — Mas acima de tudo você é um portenho filho da puta assassino de policiais.

Nando conhecia a tortura, sabia que tinha de permanecer calado o tempo que conseguisse agüentar. Porque com os choques, quando se começa a falar não se consegue mais parar. Ia tentar não dizer nada, nem uma palavra, porque tinha medo de ser obrigado a delatar o esconderijo de Malito. Era seu amigo, não era um sujeito qualquer, era um ladrão do velho estilo, um idealista, Malito, que podia se transformar num herói popular, como Di Giovanni ou Scarfó e como o próprio Ruggerito ou o falsificador Alberto Lezin e todos os bandidos que tinham lutado pela causa nacional. Iam ter que matá-lo, pensou Nando, porque ele não ia denunciar o esconderijo de Malito.

Enquanto desciam com ele para a sala de tortura, tentava não pensar, Nando, manter a cabeça vazia, igual a uma folha em branco, um papel canson. Vendaram-lhe os olhos, provavelmente iam ter de entregá-lo ao juiz em vinte e quatro horas. Ele já tinha visto coisa pior em outras ocasiões e dessa vez tinha certeza de que a imprensa andava atrás da polícia e ia publicar que ele fora preso.

Na verdade, a captura de Heguilein passou quase despercebida no compacto círculo de jornalistas e policiais da chefatura quando vazou que se encontrara novamente o rastro perdido dos bandidos argentinos. Foi a partir daí (segundo o jornalista do *El Mundo*) que se começaria a "cozinhar" o mais formidável cerco que se conhece nos anais da polícia no rio da Prata.

Poucas horas depois do meio-dia, num avião da polícia da província de Buenos Aires, tipo Turismo, chegou ao aeroporto de Carrasco o chefe da Zona Norte da polícia bonaerense, delegado inspetor Cayetano Silva, para colaborar com as autoridades uruguaias.

Enquanto ia andando pela pista, ao descer do avião, Silva foi recebendo as informações de seus colegas.

— Nós os achamos por acaso, num incidente ridículo. Estavam mudando as placas de um carro roubado.

— Ficaram soltos no ar. Não têm contatos.

— Temos que atacar.

— Não tem que prender todo mundo. Tem que deixar alguns elementos soltos e deixar que os portenhos procurem fazer contato.

— Com a prisão de Yamandú, eles vão ficar isolados.

— Então — disse Silva —, se ficam isolados, vão mudar os planos. O que é que eles podem fazer? Vão tentar sair da cidade.

— Impossível, as estradas estão todas controladas.

— Precisa divulgar pelos jornais que Yamandú está colaborando conosco.

Os investigadores chegaram à conclusão de que Malito e seus cúmplices já se encontram com menos dinheiro no bolso. A compra de documentos, os gastos feitos no traslado clandestino — no iate *Santa Mónica* segundo confirmaram fontes da polícia de fronteiras — até o território uruguaio, as orgias celebradas em seus refúgios, o aluguel dos apartamentos usados como esconderijos e dos carros, foram diminuindo o seu capital. As orgias foram narradas por Carlos Catania, um garoto de programa que se apresentou espontaneamente e narrou os fatos do fim de semana. Os meliantes alugaram rapazes e mulheres e com droga abundante passaram dois dias numa "suruba", como a chamam, em atos de abjeta depravação. "São gente boa", disse o jovem de dezoito anos, "me deram um terno de presente."

Foi esse jovem o primeiro que contou as visitas do Nene Brignone à zona de prostituição da praça Zavala e de sua amizade com Giselle.

— Quero falar a sós com a moça — disse Silva.

Pessoal do Departamento de Ordem Pública, explorando a fonte inesgotável de referências precisas que constitui a vida noturna montevideana — uisquerias, salas de jogo —, tomou conhecimento de que os bandidos portenhos utilizavam como intermediária em suas negociações para conseguirem uma boa "catacumba" uma jovem taxi-girl (a moreninha de Río Negro) que trabalhava naquele ambiente.

Paralelamente às negociações para a sublocação do apartamento por uns poucos dias, os bandidos providenciavam uma viagem ao Paraguai oferecendo para isso uma soma exorbitante.

As negociações acabaram chegando em pessoas que possuíam um apartamento no edifício Liberaij (rua Julio Herrera y Obes, 1182) mas que aparentemente teriam certos vínculos com os meios policiais.

Outra versão não confirmada diz que os argentinos haviam chegado ao apartamento por meio de um elemento menor de idade que contatou a delinqüência uruguaia e que esse contato ("um paspalho"), para justamente se livrar do risco que representavam os argentinos, conseguira emprestado o apartamento e na mesma hora "vendera" a informação para a polícia sem que os verdadeiros donos da casa nem seu sublocatário estivessem a par de quem eram os trouxas que tinham procurado refúgio no apartamento número 9 da rua Herrera y Obes, 1182.

É uma longa história, afinal, e complicada, que passa por todos os meandros obscuros da vida noturna, onde é fácil — como se diz, por simples questão de vizinhança — para o cliente honesto das boates travar contato com o contrabandista, o assaltante e o punguista, sem conhecer sua condição. Será portanto a polícia a dizer-lhe. Enquanto isso, o certo é que os delinqüentes argentinos se enfiaram no referido apartamento poucos minutos depois das vinte e duas horas de ontem.

O apartamento número 9 é a garçonnière duplamente dividida por dois fazendeiros do Leste, que o sublocam de seu proprietário por uma quantia de quatrocentos e oitenta pesos uruguaios por mês. São primos irmãos e ambos estão na faixa dos vinte e cinco anos. Ambos, além disso, freqüentam o ambiente noturno das boates e do bas-fond dos garotos de programa do porto.

Como chegaram até esse apartamento os bandidos, Brignone, Dorda e o Corvo Mereles, tão ansiosamente procurados pela polícia das duas margens do rio? O jornalista não sabe, mas trabalha com várias hipóteses.

Uma versão diz que os bandidos o haviam comprado de seu dono legítimo, um uruguaio (de origem grega) também freqüentador da noite, que vive mais em Buenos Aires do que em Montevidéu e cujo primeiro sobrenome, se diz, poderia começar com a letra K.

Os bandidos teriam dado a K., sem que este conhecesse rigorosamente nada da identidade deles mas tendo-os conhecido nos ambientes noturnos da Cidade Velha, um primeiro adiantamento de oitenta mil pesos uruguaios.

Mais além das conjecturas, também é certo que o apartamento da rua Julio Herrera y Obes foi uma autêntica "ratoeira" preparada pela polícia para os delinqüentes em fuga. Não se sabe como, mas de alguma maneira a polícia conseguiu que se refugiassem ali.

Uma fonte que pediu para não ser identificada disse que os argentinos se confiaram a outro delinqüente uruguaio informante da polícia e que este passou a dica para gente ligada à Divisão de Homicídios.

Outra versão indica que foi a polícia que indiretamente colocou o apartamento à disposição dos argentinos e estes se enfiaram na "toca" sem nem desconfiar que seu protetor uruguaio os vendera a seus perseguidores. Se é assim — neste caso, seria preciso descartar a outra versão que diz que os argentinos compraram o apartamento dando um adiantamento de oitenta mil pesos uruguaios —, não há dúvida de que a polícia trabalhou cautelosamente porque conhecia o terreno onde pisava e a periculosidade dos perseguidos.

Se flagrados os fugitivos na rua, o tiroteio teria sido inevitável e arriscado para os montevideanos. Precisava-se de um lugar onde os delinqüentes estivessem juntos, e com essa finalidade, dizem, teriam jogado as suas redes os homens da chefatura mediante a artimanha de servir-lhes de bandeja um apartamento supostamente seguro — central, confortável, mobiliado — enquanto os argentinos esperavam o contato que deveria trasladá-los, segundo teria declarado Nando, ao Paraguai.

Se isso é verdade, conforme transpirou e como tudo indica, o mecanismo de relojoaria que serviria para prender os argentinos se pôs em movimento por volta das dez da noite.

Pouco antes dessa hora, a moreninha de vinte e um anos que ocupava o apartamento em suas horas de folga vestira um tailleur azul-claro e estava pronta para ir, como de costume, à boate do centro onde passava as noites à espera do amanhecer. Usava uma bolsa preta e sapatos combinando e não há dúvida de que não tinha a menor idéia do futuro imediato.

Eram dez em ponto da noite. Nesse momento tocou o porteiro eletrônico do edifício e a voz de um desconhecido pediu para falar com a moreninha do Norte de Río Negro. Ela abriu a porta e deixou-o entrar.

O homem se identificou como um alto funcionário da chefatura, segundo contou a moça (Margarita Taibo, pelo que transpirou, aliás, Giselle) na boate.

— Vá embora daqui... Vá agora mesmo — disse-lhe o homem.

A moça, seguida a curta distância pelo chefe policial, de fato foi para a rua sem haver terminado de se maquiar e o apartamento ficou vazio, como a armadilha que espera a chegada da presa.

Agora eram cerca de 22h10.

A moreninha do Norte de Río Negro foi para a casa de uma amiga que mora na 25 de Mayo e depois, com os amigos desta, foram todos para a boate num carro de placa brasileira.

Aproveitando que conheciam o apartamento e que preparavam uma ratoeira, a polícia do serviço de inteligência acompanhou desde o início os movimentos dos bandidos, desde que se estabeleceu a conexão para ocupar o esconderijo.

Uma versão diz que a polícia encheu de microfones o lugar porque queria averiguar o paradeiro do dinheiro roubado (cerca de quinhentos mil dólares). Outros dizem que o sistema de gravação e de escuta era anterior à chegada dos bandidos e tinha sido usado para vigiar as possíveis atividades ilícitas dos donos da boate. (Basicamente tráfico de drogas e tráfico de brancas.) Seja como for, a intenção de recuperar o butim é (segundo algumas fontes) o que poderia explicar o estranho erro da operação.

Como se sabe, é coisa corrente nos procedimentos policiais armar "ratoeiras" para os delinqüentes. Isso consiste em esperar o fugitivo dentro da casa ou do apartamento que se sabe que ele vai visitar por qualquer motivo e flagrá-lo antes que possa iniciar a defesa.

No caso presente, aparentemente cometeu-se um erro. Armou-se a ratoeira ao contrário, de fora para dentro, em vez de armá-la de dentro para fora. Se a polícia, quando foi pôr para fora a jovem ocupante do apartamento 9, tivesse tomado conta do lugar, teria impedido que os delinqüentes tivessem à sua disposição o enorme arsenal que lhes permitiu resistir ao cerco até o momento de escrever esta reportagem.

Mas a polícia (argentina) procurava algo mais. O mais provável é que tenha desejado matá-los e não agarrá-los vivos para impedir que incriminassem os agentes que (segundo a mesma fonte) teriam participado secretamente da operação sem receber a parte combinada do butim.

O certo é que o Studebaker vermelho dos bandidos chegou à garagem do edifício às 22h11.

O Nene Brignone subiu a escada seguido pelo Corvo Mereles e o Gaúcho Louro. O Nene enfiou a chave na fechadura e, depois de forçá-la levemente, a porta do apartamento se abriu.

SEIS

A garçonnière instalada no apartamento número 9 da rua Julio Herrera y Obes são uns poucos aposentos quase vazios pintados de verde-pálido. A porta do apartamento (a campainha não funciona e para entrar em contato com seus ocasionais ocupantes é preciso recorrer ao porteiro eletrônico da porta da rua) abre-se para um corredor estreito onde (escreve o rapaz que faz reportagem policial para o *El Mundo*) também se localizam as portas dos outros apartamentos. Fica no primeiro andar do edifício que, por ter só três pavimentos, não tem elevador. Há que lembrar esse detalhe.

Já dentro do apartamento a primeira coisa que se apresenta ao visitante é uma espécie de living-sala de jantar de uns quatro metros por três; à esquerda corre lateralmente uma cozinha tendo ao alto uma janela que dá para um poço de ventilação e luz. Na cozinha tem uma bancada de mármore com uma pia no centro e armários embaixo. O visitante que chega ao apartamento encontra no living-sala de jantar pouquíssimos móveis e as paredes nuas. Também falta a porta que deveria separar o living da cozinha.

Logo depois, abrindo para o living, há três portas que correspondem aos quartos e ao banheiro.

O primeiro desses aposentos, que dá para o poço de ventilação, é um quarto que era usado pela moreninha do Norte de Río Negro, e aí se encontram uma cama de armar com prateleiras nas laterais e um pequeno guarda-roupa, uma mesinha (com tampo de vidro) e uma cadeira. Não há mais nada a não ser um pequeno abajur de cabeceira sobre a prateleira e também sobre a prateleira uma foto da moreninha. As paredes nuas dão ao ambiente o tom de precariedade que têm esses lugares.

O aposento seguinte se comunica com o outro poço de ventilação e de luz e é também um quarto e o utilizavam os sublocatários do apartamento e os múltiplos visitantes ocasionais que de um jeito ou de outro tinham a chave da casa ou a pegavam emprestada. Há uma cama de casal no meio do quarto, um toucador do lado esquerdo e um guarda-roupa do direito, defronte ao pé da cama. À direita, no centro da parede, abre-se outra janela para o poço de ventilação e de luz. A diferença fundamental entre esse dormitório e o outro é que enquanto no da moreninha do Norte de Río Negro o soalho está encerado e as paredes limpas, aqui ocorre exatamente o contrário. Este quarto não tem nenhum habitante fixo: ninguém se preocupa em mantê-lo minimamente conservado.

Finalmente, há o banheiro onde não existe nada além dos aparelhos sanitários habituais, um boiler General Electric e uma cortina de plástico azul que corre em torno da banheira. Bem em cima da banheira abre-se uma janela que dá para o poço de ventilação e luz.

— Do outro lado não há nada, só tem o pátio.

Mereles subira na borda da banheira e olhava lá para baixo, pela janela. Paredes cinza, janelas iluminadas e lá embaixo o telhado de zinco de um galpão. O Nene e Dorda foram para o living.

— Tem uma televisão, olhe...

— Não te disse que estava bastante mobiliado...

— Pô, que fedor que está nesse banheiro...

— Aí — continuou contando o Nene — nós saímos, porque antes você se lembra, ô maluco, que a gente queria ir para o México, eu tinha um amigo que foi comprar um passaporte, era muito bem relacionado, se chamava Suárez, o nome ajudou, mas no México finalmente o mataram...

— Mas escute aqui, ô meu, quem é que está pensando em ir para o México?... Com a altitude, os ouvidos da gente assobiam, uma vez em La Paz meu nariz sangrou só de abrir a janela do quarto.

— Mas o que eu estou dizendo é que precisamos chegar a Nova York, tem uma estrada que vai da Terra do Fogo até o Alasca, você não sabia? Olhe o mapa, é que nem um fio, vai indo, fininha, pelo meio da selva, foram os alemães que fizeram, trouxeram as máquinas da derruba, puseram a indiada para trabalhar e em dois anos você podia chegar lá de bicicleta.

— Vou me deitar aqui, me passa esse almofadão. Vamos comer alguma coisa.

Tinham comprado frangos no espeto e uísque e corned beef e conservas para terem comida uma semana, caso não pudessem sair dali.

— Ei, o Malito vem agora? — Mereles comia galinha e tomava uísque no copo de plástico do banheiro. — A gente tem que esperar por ele? A morena conhece ele ou não?

— Mandei avisar a ele que a gente está aqui — disse o Nene.

— Vi na TV que nos cinemas a gente pode roubar se entrar por trás, pelo quartinho do homem que passa a fita... Você entra, bloqueia a saída, joga todo mundo no chão e leva a grana de todos os otários que estão olhando o filme e depois se arranca de novo pela janela do quartinho do projetor. É perfeito, está tudo escuro, o filme continua e abafa os ruídos...

— Como foi que você viu isso na televisão?

— Um programa sobre as falhas de segurança nos lugares públicos... Imagina a gaita que você pode faturar assaltando um cinema lotado...

Tinham que esperar que Malito chegasse com um carro novo e a papelada e dar o fora com ele de madrugada para o Norte, enfiar-se campo adentro, esconder-se numa chácara, em Durazno, em Canelones.

— Então para você tem que deixar tudo nas mãos da sorte... Se vier, vem, e se não vier, heim? Acho que a gente está malparado.

— Está malparado mas não tem outro jeito, a gente tem que continuar junto e esperar.

— Se a gente agüentar aqui uma semana até que tudo se acalme, é melhor. Eu gosto deste lugar.

— Mas o Malito vai vir esta noite?...

— Escute aqui, você, se quiser dar o fora sozinho, que experimente, pode dar certo.

— Sai, azar, você está querendo...

— Mas onde é que você conheceu esse mané que queria te levar para o México?

— Conheci em Bolívar, ele tinha uma Harley Davidson de quinhentas cilindradas com side-car e andava que nem um louco pelo campo, caçando lebre com a 45, pela terra arada, de capacete e óculos, os camponeses se encostavam no cabo da pá e ficavam olhando para ele e olhando um para o outro, o maluco pulava com a moto igual a uma mola tentando entrar nos sulcos, mas a moto, só vendo, parecia um avião, a moto, sempre no ar, porque ele era louco, mas louco de pedra, sabe? Basta dizer que mantinha a filha trancada num quarto lá no alto do rancho, porque ela parecia com a mãe, a garota, e o mané fazia ela se vestir igual à falecida e andar na frente dele e sei lá que outras coisas fazia com ela, e quando foi para o México escrevia cartas para a filha, que era uma tetéia, uma gracinha, sabe, a garota, uns peitinhos, inclusive depois que o mataram a garota continuou recebendo cartas de amor do pai, não sei quem é que escrevia, a menina ficou que nem uma alucinada...

Mereles saiu da cozinha com o baralho e um vidro de grãos-de-bico. Tinham amontoado as armas e a grana no quartinho ao lado e agora se preparavam para passar a noite tranqüilos, até que Malito viesse buscá-los.

— Encontrei uns baralhos, vamos jogar um pôquer de três.

— Aberto... cada grãozinho vale dez pratas, distribua as cartas... Vamos ver quem dá...

Então escutaram um ruído, inclusive ouviram antes que ele soasse, um instante antes de se ouvir, primeiro o ruído metálico, e depois a voz que os chamava.

Havia algum tempo que estavam jogando cartas, numa mesinha de vime coberta com um oleado de cozinha branco, sob a luz de um lustre com franjas, no meio do aposento que dava para a rua, quando ouviram o ruído metálico, parecido com o gritinho de um rato, com o assobio do demônio, o ruído metálico de um microfone ao ser ligado e depois a voz que os intimava a se render.

Era a polícia.

A voz chegava distorcida, em falsete, uma típica voz de tira, tortuosa e prepotente, vazia de qualquer sentimento que não fossem as sevícias. Indivíduos que gritam certos de que o outro vai obedecer ou vai se destruir. Essa é a voz da autoridade, a que se escuta pelo alto-falante nos calabouços, nos corredores dos hospitais, nos camburões que levam os presos no meio da noite pela cidade vazia aos subterrâneos das delegacias para lhes dar porradas e choques.

Então Mereles olhou para o Nene.

— Os homens.

O coração bate a mil, a cabeça parece iluminada por uma luz branca e os pensamentos se agarram ao cérebro como carrapatos. É um instante, e depois já não se consegue pensar. O que mais se teme, o pior na vida, acontece sempre de repente, sem que ninguém esteja preparado, por isso é o pior, porque a gente espera por ele mas não tem tempo de se adaptar e fica paralisado e mesmo assim obrigado a agir e a tomar decisões. No fundo, o que se teme mais secretamente sempre acontece, e eles tiveram a sensação íntima de que estavam com os tiras em cima deles, respirando em suas nucas, e que o buraco onde haviam se metido era tranqüilo demais, perfeito demais, e que deveriam ter continuado na rua, dando voltas com o carro até inventar um jeito de fugir da cidade e dos controles da justa, pensaram isso mas estavam encurralados demais e ninguém disse nada e já era tarde, iam ser pegos ali.

— Sabemos quem são vocês. Estão totalmente cercados.

— Os que estão no apartamento 9 que saiam de mãos para o alto.

O Nene apagou as luzes e o Gaúcho pulou para o quartinho e saiu dali com as armas e começou a distribuir a Thompson, a Halcón de 9 milímetros, a escopeta de cano cortado, fazendo-as escorregar pelo chão até as janelas onde o Nene e o Corvo tinham se entrincheirado.

Uma luz gelada vinha da rua e iluminava o apartamento com uma névoa fantasmagórica. Os focos brancos dos refletores entravam pelas persianas e enchiam o ar de estrias e riscas luminosas que pairavam na poeira, como uma nuvem. Os três estavam tatuados pelos raios de luz e espiavam pela janela tentando entender como seria o lance.

— Foi aquela puta...

— E o Malito?

— Quantos são? Por que não sobem?

Moviam-se na penumbra e tentavam localizar os policiais. A primeira sensação era a de que eram obrigados a se mover às cegas, no meio de um perigo extremo, como alguém que ao caminhar no campo, de noite, sente que vai bater em alguma coisa e tateia o ar com as mãos, como adivinhando que uma cerca de arame eletrificado está ali, no meio da escuridão. A única luz ali dentro era o brilho da televisão ligada sem som. Dorda num canto abriu a bolsinha com a cocaína. Com uma das mãos segurava a matraca e com a outra batia a droga em cima do vidro do relógio. Eram 10h40 da noite.

— Estão cercados. Quem fala é o chefe de polícia. Entreguem-se.

No escuro, o Nene está agachado e espia com cuidado pela janela. Na rua vêem-se sombras, vêem-se duas radiopatrulhas, vêem-se os holofotes que iluminam a frente do prédio.

— Qual é? — diz Dorda.

— Estamos ferrados.

Dorda deixa a metralhadora no chão, senta-se com as costas apoiadas na parede, abre uma caixinha retangular, de metal, prateada, e depois de uma rápida e complicada manobra dá um pico de cocaína na veia do braço direito. Faz isso porque está ouvindo vozes, longe, ali, vozes suaves, de mulher, e não quer ouvi-las, quer que a branquinha o cure, que a brancura que sobe pelas veias acabe com as vozes que soam, nas placas do crânio, entre os ossos, os canais têm veiazinhas por onde vêm agora as vozes finas das mulheres. Isso Dorda ouve, o tempo todo, conta ao Nene, porque tenta falar, em voz baixa, enquanto os tiras deliberam e eles deliberam também, "no rés" do chão, como ratos, metidos nas gretas, nas rachaduras, gritinhos, os dentinhos afiados, por onde saem essas vozes que ele ouve, o Nene. Tinha delírios com os ratos, com os insetos que se enfiam pelo nariz dos mortos.

— Eu vi umas fotos.

— Você viu umas fotos — num sussurro, o Nene. — Calma, Gaúcho, a gente vai foder com eles, não escute o que estão te dizendo, vigie aí.

— Malito, sabemos que você está no apartamento número 9. Renda-se e saia, estamos com um juiz.

Insulta, em voz baixa, agachado, o Corvo.

— Esse maluco de merda.

— Acham que ele está aqui.

— Tanto melhor — Dorda ri, agora. — Assim eles pensam que somos mais — sentado no chão, mostra a arma pela janela. — Atiro? Um tirinho?

— Calma, Gaúcho — diz-lhe o Nene.

Dorda então bate a droga outra vez no vidro do relógio com o canivete espanhol de dois gumes e levanta a coca na folha fina, acanalada, e leva-a, com o pulso firme, até o nariz que está pulsando, e cheira, dessa vez sem se picar, mais direta, chega, pelas ramificações do crânio, a brancura, o ar puro. E esse é o único ruído que se ouve no meio da noite. A respiração ávida do Gaúcho Louro ao cheirar a cocaína.

A polícia oferece garantia de vida aos delinqüentes em presença do próprio juiz de instrução de Segunda Instância, dr. José Pedro Púrpura, mas eles não respondem. O apartamento continua às escuras, no silêncio, a polícia ilumina, com o farol giratório de uma radiopatrulha, as paredes, as janelas, como se emitisse sinais luminosos a um barco, mas ninguém responde.

O coronel Ventura Rodríguez, chefe de polícia do Uruguai, quando o prédio ficou "completamente cercado" (segundo as fontes), se aproximou da porta e utilizando o "porteiro eletrônico" — ou interfone — disse aos ocupantes do apartamento 9 que estavam cercados e que convinha se renderem, dando-lhes a garantia de que suas vidas seriam respeitadas. Mereles agora estava na cozinha, com o interfone na mão, e o Nene parou ao lado dele. Tinham aberto a porta da geladeira e a claridade fria daquela luz espectral lhes permitia olharem-se enquanto os dois colavam o rosto no fone para ouvir.

— Por que não sobem para nos buscar? — gritou o Nene.

— Meu amigo, aqui quem fala é o chefe de polícia, que é quem garante o respeito à vida de vocês.

— Por que não sobe para jogar pôquer com a gente, chefe?

— Está aqui o juiz que assegura a defesa de vocês e assegura que não serão levados para Buenos Aires.

— Mas se é isso o que a gente quer, meu amor, ir brigar em Buenos Aires! O veado do delegado Silva não está aí?

— Mais não posso fazer por vocês. Garanto a vida de vocês e um julgamento justo...

Novos e piores insultos foram a resposta. Em dado momento chegaram a responder que enquanto os policiais estavam passando fome eles estavam comendo galinha e tomando uísque, e que além disso tinham três milhões de pesos que podiam rachar.

— Quanto vocês ganham? Vão se deixar matar por uns trocadinhos...

As declarações dos marginais demonstraram que evidentemente estavam sob o efeito da droga e do álcool. Uma enxurrada de insultos e palavras sujas demonstrou ao chefe de polícia que era impossível "parlamentar" com os homens encurralados e que o caso ia adquirir características de violência. Outra demonstração disso eram as aparições de suas vozes no porteiro eletrônico do prédio perguntando se havia policiais argentinos entre os que cercavam a casa e desafiando-os a que fossem prendê-los.

— Tragam policiais argentinos...

— Queremos policiais argentinos...

Sabe-se que essa espécie de delinqüente (assinalou o médico policial que controla o posto sanitário instalado no local), especialmente os três de que hoje tratamos, é viciada em drogas, a fim de se manter em condições de suportar situações como as vividas nesta ocasião. Isso é corroborado pelo fato de que numa batida policial efetuada encontraram-se cento e quarenta e quatro frascos de uma droga (Dexamil Spanzule) e vários papelotes de cocaína que, na pressa de irem embora, os delinqüentes abandonaram. Mas o consumo continuado pode a longo prazo provocar alucinações, coisa que não se sabe se já ocorreu com algum deles.

Outra prova de que se encontram em condições psíquicas anormais pelo consumo de drogas é que, achando-se em situação tão difícil, hoje (ontem) à noite, quando o chefe de polícia os intimou a se renderem, responderam:

— Não, pois estamos muito bem aqui, estamos comendo galinha e tomando uísque, enquanto vocês estão aí embaixo passando fome!

— Subam, que a gente convida...!

O Corvo fez um gesto para o Nene e se afastaram, agachados, para um canto. Olharam-se de perto, apoiados contra a parede.

— Saímos?

— Não. Que venham nos tirar, se é que se animam. O Malito já vai chegar para buscar a gente... Alguma coisa vai acontecer com ele, deve tê-los encontrado há pouco, quando estava chegando, porque com toda a certeza o quarteirão está cercado e ele não pôde passar. A gente tem que agüentar... e picar a mula quando afrouxarem um pouco. Vamos tentar chegar à cobertura do prédio.

— Onde os tiras estão plantados? — perguntou o Nene. — Você consegue vê-los?

— Estão por todo lado — Dorda se divertia. — Tem uns mil... eles têm caminhões, ambulâncias, radiopatrulhas... Que subam, vamos ver se conseguem... Vai ser que nem caçar passarinho.

— Caminhões, e para que vão querer caminhões...

— Para levar os presuntos... — disse o Corvo, e nesse momento começaram os tiros.

Primeiro foi o baque seco de uma 9 milímetros e em seguida o som de uma metralhadora.

Dorda, agachado debaixo da janela, olhava para a rua e sorria.

Foi pela janela do quarto abandonado, que dá para o poço de ventilação e luz e fica bem defronte de outra janela parecida no apartamento vizinho, que os policiais abriram fogo contra os sitiados. O tiroteio foi revidado pelos argentinos e se prolongou com intermitências, diante do assombro de toda a população montevideana que começou a seguir os acontecimentos pelo rádio e pela televisão.

A certa altura ouviu-se um dos criminosos gritar.

— Um na porta e os outros nos postigos.

Essa foi a estratégia que empregaram durante a noite toda.

A localização do apartamento acabou sendo uma armadilha mortal. Não tinham saída. Mas para se defenderem era um refúgio quase perfeito. Só se tem acesso à porta pelo corredor, e essa porta está protegida pela curva da escada que sobe. Avançar por ali era suicida. A polícia atirou sem parar no corredor (há centenas de buracos nas paredes e o reboco desapareceu, deixando os tijolos à mostra). Os bandidos atiravam nessa parede enfiando uma metralhadora por uma das brechas abertas pelo chumbo perfurante das balas luminosas, na esperança de que os projéteis, ao ricochetear na parede, desviassem para a rua.

— Uma vez, na Avellaneda, os tiras nos prenderam num galpão, eu e o irmão caçula do Latrina Ortiz, e encontramos um subterrâneo que dava para os esgotos... Um buraco desse tamanhão — contava Mereles — e caímos fora por ali.

Encorajavam-se, tentavam se mexer sem ser vistos dos diferentes pontos controlados pela polícia. Tinham colocado a televisão no chão para que as balas não a arrebentassem e vez por outra, quando havia uma pausa, olhavam o que estava acontecendo na rua. Também escutavam o relato dos fatos transmitidos pela Rádio Carve, a voz alterada dos locutores que se revezavam para contar os terríveis momentos vividos na cidade de Montevidéu desde que os portenhos haviam ocupado o Liberaij. As pessoas estavam se reunindo na área e faziam declarações idiotas nos microfones e diante das câmaras como se todos soubessem o que estava acontecendo e fossem testemunhas presenciais e diretas. Pela tela da televisão o Nene e o Gaúcho perceberam que lá fora começara a garoar, eles estavam metidos numa espécie de cápsula perdida no espaço, um submarino (disse Dorda) que ficou sem diesel e repousa sobre as pedras no fundo do mar. Os tiros eram como bombas de profundidade que os sacudiam sem conseguir liquidá-los.

A polícia limitou-se a dar tiros na porta, impedindo qualquer ameaça de saída. Também abriu um fogo cerrado, repetido, terrível, para cima da clarabóia da cozinha que dá para o poço de ventilação. Um verdadeiro círculo de ferro passava por essa clarabóia nem bem se vislumbrava nas sombras que um dos delinqüentes estava tentando entrar na cozinha.

— Por aqui não vão poder entrar. São mais de seis metros limpinhos da escada até aqui.

— Enquanto a gente agüentar eles não vão vir pela frente.

— Foi a puta — disse Dorda.

— Não acho.

— É a urucubaca que agarrou na gente.

— Você agüenta firme aí na janela.

— Quanta coca tem?

— Malito, se renda, você está cercado.

— Os bestalhões acham que o Varrido está aqui...

Nesse momento entra pela janela uma grande rajada que quebra os vidros. Por ali entram duas bombas de gás lacrimogêneo.

— Pegue água... no banheiro.

Com os lenços úmidos eles tapam o rosto e com toalhas molhadas agarram as duas granadas de gás que ardem e as atiram pela janela, na direção da escada e do hall do prédio. Os policiais e os jornalistas (e os curiosos) recuam ao receber assim uma inesperada chuva de gases. A polícia decide esperar antes de voltar a atacá-los com gás, e mudar de tática. Vão tentar chegar à cobertura da casa vizinha para vigiar a janela do banheiro.

A polícia torna a acender um holofote que começa a passar uma luz branca pelo quarto. Da porta, Mereles atira, enquanto Dorda defende a janela. O Nene abre a porta e se dirige ao corredor.

— Está vendo alguma coisa?

Ele avança até a janela que dá para o terraço.

— Vão tentar nos dominar lá do terraço — ele começa a recuar e volta. — Dali eles controlam os telhados.

— Estão tentando vir por cima.

— Impossível, vamos liquidar com eles a tiros — ri o Dorda.

Estão calmos, os três, sentados de costas para a parede, defendendo cada ângulo do apartamento; estão ao mesmo tempo doidões e tranqüilos, têm bolinhas, têm toda a droga, os policiais são sempre mais temerosos do que os bandidos, fazem tudo por um soldo (diz Dorda), por um soldinho, por uma aposentadoria, têm a mulher em casa que se queixa porque o palerma ganha pouco, passa a noite inteira na rua, debaixo da chuva, quem é que pode ter a idéia de ser tira, só um doente, um cara que não sabe o que fazer da vida, um "pusilânime" (tinha aprendido essa palavra na prisão e gostava dela porque o fazia pensar num sujeito sem alma). Eles vão ser tiras para ter a vida garantida e assim perdem a vida, por isso, para tirá-los dali, eles iam chegar com toda a calma, porque não havia nada que os fizesse arriscar a vida, a não ser que algum dos policiais (o delegado Silva, por exemplo) soubesse que estavam com a grana ali e imaginasse que podia entrar primeiro que os outros, meter a bolada no bolso e dizer que não havia nada. "Não encontrei nada."

Mas era difícil, o segredo já tinha ido para o brejo, o Nene se encarregou de avisá-los que eles ainda estavam com meio milhão de verdinhas, que ofereciam de presente a quem os ajudasse a botar o pé no mundo. Tinha dito ao chefe de polícia pelo porteiro eletrônico e a notícia repercutiu na TV, como uma prova (segundo os jornalistas) de que os marginais estavam dispostos a pôr em risco a vida de todos os envolvidos naquela complicada operação de resgate. "De resgate de quem?", pensara o Nene, segundo o Dorda. "Não está vendo que eles dizem qualquer baboseira."

— Não vão poder tirar a gente daqui, vão ter que negociar.

— Para nos tirar vão ter que subir pela escada e atravessar o corredorzinho. É que nem caçar pardal.

O Nene foi à cozinha e apertou o botão do interfone e levantou o gancho e começou a gritar até que ouviu que alguém lá embaixo o escutava.

— Se o Meganha veado da Silva está aí, que suba para negociar, que não se encagace. Temos uma proposta para fazer, senão, vai morrer muita gente esta noite... O que é que vocês, seus uruguas, têm que se meter nessa história, nós somos políticos peronistas, exilados, que lutamos pela volta do General. A gente sabe de coisa às pampas, Silva, olha que eu começo a contar, heim? — Houve uma pausa, ouvia-se o chiado dos fios e o barulho suave da chuva, lá embaixo, mas o policial que os escutava não respondeu.

Silva então se aproximou e se apoiou na mesa do interfone. Ele não ia falar com aqueles merdas, ia fazê-los sair da toca e aí então eles iam ter que falar.

— Vocês nos trazem um táxi, deixam a gente ir até o Chuí, na fronteira, e entregamos a gaita e não falamos para ninguém. Topa, chefe? — disse o Nene.

Houve um silêncio, ouviu-se o Gaúcho assobiar como se chamasse um cachorro e finalmente um oficial da polícia uruguaia se aproximou do porteiro eletrônico e olhou para Silva, que lhe fez um gesto de consentimento.

— A polícia uruguaia não negocia com criminosos, cavalheiro. Rendam-se e terão a vida salva, do contrário tomaremos medidas ainda mais drásticas.

— Vá se foder.

— Os seus direitos estão garantidos pelo juiz.

— Como vocês mentem, ô babacas, assim que pegarem a gente nos metem no pau-de-arara até a gente dar um nó nas tripas.

Os jornalistas de rádio gravaram esse diálogo com seus microfones grudados na parede do interfone.

Uma multidão de curiosos havia começado a cercar a área quando se escutaram os primeiros disparos, e as câmaras de TV do Canal Montecarlo de Montevidéu iniciaram uma transmissão ao vivo que fez a cobertura direta dos acontecimentos. As câmaras de TV colocadas nos terraços permitiram acompanhar todos os incidentes. Até os bandidos (como assinalaram as reportagens) assistiam pela televisão de seu quarto aos acontecimentos que estavam vivendo. E nas casas vizinhas era comum ver pessoas que, protegidas por colchões para se resguardarem das balas perdidas, e deitadas debaixo dos móveis, observavam os embates que ocorriam em seu próprio bairro. As rádios, de seu lado, transmitiam a operação de apartamentos previamente alugados pelas emissoras e os jornalistas se movimentavam pelas imediações do prédio com seus microfones ligados. Durante horas a população de Montevidéu acompanhou os terríveis acontecimentos que estão comovendo o país.

Às 23h50 três homens se oferecem como voluntários para entrar e arrombar a porta do apartamento. Depois de uma breve deliberação, o comando policial aceita a oferta e manda que se passe à ação. Cautelosos, o inspetor Walter López Pachiarotti e os delegados Washington Santana Cabris De Léon, encarregado da Divisão de Investigações, e Domingo Ganduglia, encarregado da 20ª Distrital, cruzam agachados a porta do prédio e avançam pelo corredor. Os três homens entram no saguão do edifício, no fundo está a escada que, dobrando à direita, vai dar na porta do apartamento 9. O agente Galíndez se oferece como quarto homem para uma eventual substituição e controle de retaguarda. Os quatro se enfiam então pela escada, formando um losango numa operação clássica de ataque frontal.

Vão Ganduglia à frente com uma Uzi engatilhada, levando Santana Cabris à sua esquerda e López Pachiarotti à sua direita, num leque de proteção que é fechado por Galíndez, postado ao fundo, entre os dois. Apagaram-se as luzes e a escada é um túnel sombrio que sobe para a claridade do apartamento sitiado. Um silêncio sepulcral inundou o lugar, os homens avançam inclinados e tensos. De repente o quarto homem que os segue tropeça num degrau e ao cair se apóia em Ganduglia fazendo com que este, por sua vez, também caia. Isso lhe salvou a vida, já que por uma janela que dá para a direita do local por onde eles entravam Dorda apontou sua arma e disparou uma rajada de metralhadora, de baixo para cima, atingindo Cabris no tórax e na cabeça e ferindo o resto.

— Me acertaram, os filhos da puta... Mãe querida — ouviu-se o infeliz dizer, enquanto Dorda ria, pela janelinha.

— Ô, samango — gritava. — Ô, carrasco, te meti bala... Subam, venham, seus uruguas, seus cagões...

De barriga para cima, com três enormes feridas no corpo e os olhos abertos, agonizava, respirando com um gemido rouco, no meio de uma assustadora hemorragia, o agente de trinta e dois anos, com dois filhinhos que vão ficar órfãos de pai. Ao seu lado, o outro ferido se arrastava para a rua enquanto um terceiro olhava o próprio sangue que jorrava no peito e não podia acreditar que sua má sorte o tivesse levado a cumprir os presságios mais terríveis. Tinha uma ferida no ventre e não queria olhá-la, o agente Ganduglia, que não sentia nenhuma dor, só frio, como se sua mão na barriga fosse de gelo.

Sob os focos dos caminhões e dos faróis, na área iluminada pela luz dos holofotes para que os bandidos não pudessem escapulir pelas janelas, jaziam na calçada os restos desses dois rapazes mortos e do terceiro ferido no ventre. Mais do que dois jovens que tinham se ido desta vida, parecia que (segundo o jornalista do *El Mundo*), cuspidos por uma betoneira, houvesse apenas fragmentos de ossos, pedaços de intestinos e de tecidos pendurados, sendo impossível supor que tivessem sido dotados de vida. Porque os que morrem feridos por balas não morrem limpamente como nos filmes de guerra onde os feridos dão uma volta elegante e caem, inteiros, como um boneco de cera; não, os que morrem num tiroteio são estraçalhados pelos tiros e fragmentos de seus corpos ficam espalhados no chão, como restos de um animal saído do matadouro.

As câmeras faziam seus closes sobre os feridos, pois pela primeira vez na história era possível transmitir ao vivo, sem censura, os rostos dos mortos na batalha da lei contra o crime. Um homem custa a morrer e a morte é mais suja do que se pode imaginar: pedaços de carne e ossos quebrados e o sangue que mancha a calçada e os gemidos horríveis dos moribundos.

Mas aquele que morrera ali (acrescentou Renzi, em sua caderneta de notas) morrera logo, sem que seu corpo tivesse a possibilidade de registrar o menor espanto ou compreensão, exceto o medo anterior, o medo prévio, quando ele subia pela escada para o apartamento onde estavam entrincheirados os bandidos.

— São como cães raivosos. Eu lembro — disse um policial — que quando era criança trancaram no quarto dos meus pais um cachorro preto, Lobo, um cão raivoso que saltava pelas paredes enfurecido e foi preciso matá-lo pela gelosia, com uma escopeta, de cima para baixo, enquanto o cachorro pulava, enlouquecido.

— Os feridos devem ser removidos já — disse o delegado Silva, que observava a cena de um canto. — Um ferido em carne viva é o que há de pior, porque chora e se queixa, esmorecendo o espírito da tropa. Não seja maricas, porra! — gritou.

Mas o garotinho que segurava a perna arrebentada continuava gritando e chamando pela mãe. Em compensação, o delegado se surpreendeu com o tom comedido do jovem oficial que levara um tiro na barriga e que se queixava baixinho, com um ronco de dor, e delirava:

— Entramos no corredor e eles pularam e atiraram. Estão nus, drogados, apareceram ali, que nem fantasmas, são cinco ou seis. Vai ser muito difícil tirá-los do refúgio.

O rapaz ferido na perna, por sua vez, estava perplexo, como era possível que fosse ele que estivesse deitado no corredor, ferido; naquela noite fora dar plantão para substituir um amigo que andava comendo a mulher de um jogador de futebol do Peñarol, que estava viajando com o time. Era a única noite em que o amigo podia encontrar aquela vaca, e ele, que nem um bobo, aceitara substituí-lo e ficar de serviço e agora estava deitado no chão com um tiro que lhe destroçara a perna. Tudo era como um mau pensamento, porque nos últimos dois anos as coisas tinham entrado nos eixos, tinha se casado com a mulher que queria desde sempre e a convencera a que se casasse com ele embora fosse um policial, falou e falou até convencê-la, porque ela tinha nojo de polícia, mas no final cedeu, viu que ele era como qualquer outro rapaz e depois de casados haviam comprado uma casinha em Pocitos com um financiamento da cooperativa policial, mas agora tudo corria perigo porque a ferida ia gangrenar e ele se viu com a perna cortada, arrastando-se de muletas, a barra da calça da perna direita dobrada na altura do joelho e presa com um alfinete de fralda e então um suor frio o fez tiritar e ele fechou os olhos.

Lá dentro, Mereles está sentado no chão, com as costas grudadas na parede, com um pano molhado preso no nariz e na boca para dissipar o efeito dos gases que ficaram pairando, já fracos, no ar confinado, e o Nene está do outro lado, contra a parede do banheiro, também sentado no chão, e deixou o trabuco num canto porque as armas esquentam com o uso continuado e às vezes queimam as palmas das mãos. Isso e a sensação de ter um bolo no estômago é a única coisa que ele sente agora, diz o Nene. Isso e a surpresa ao pensar na moreninha de Río Negro, na doce mosquinha morta. Terá sido ela?

— Você acha que me seguiram...

— Agora não esquente. De qualquer jeito, a gente não tinha para onde ir... País de merda, menor do que uma laje da calçada, onde você pode se esconder nesta terra? Eu disse ao Malito, tem que ficar em Buenos Aires, lá a gente tem mil macetes. Mas aqui... Estamos fritos.

— Vai ver que o Malito já cruzou o charco... Tem uma sorte, um sangue-frio, uma vez se enfiou na delegacia onde todos os canas andavam à sua procura para dar queixa porque um vizinho botava o rádio alto — ria Mereles. — Veja só como é louco, é genial. Vai ver, sabe-se lá, ele se infiltra e chega e nos tira daqui.

— Ou morre com a gente.

— E por que não...

— Se entrar, é porque pode sair...

— Metido num paletó de pinho... — diz Dorda, e toma um gole de uísque da garrafa.

Riem. Não pensam em nada que vá além do que vem dez segundos depois. Isso é a primeira coisa que se aprende. Não tem que pensar no que está acontecendo, para poder continuar e não ficar paralisado de terror, tem que avançar passo a passo, ver como se desenrolam os acontecimentos imediatos, uma coisa de cada vez. Agora, chegar até a cozinha e pegar água. Que não o acertem ao cruzar o corredor. Agora, arrastar-se até aquela janela. Movimentam-se pelo apartamento como se houvesse paredes invisíveis. A polícia pôs atiradores de elite que dão cobertura aos espaços e eles tiveram que aprender a se defender, depois perceberam que há muitos locais do apartamento crivados de balas, fazem um desenho, o Corvo e o Nene Brignone, no chão, com um lápis, e traçam as linhas de tiro e vêem que não podem cruzar por ali e que têm de andar de costas, como se fossem sonâmbulos, que se mexem, de perfil, apoiados no ar, por corredores invisíveis para não virarem alvo.

— Está vendo? — diz Mereles. — Aqui tem uma saída, esta é a escada.

— Você me dá cobertura.

Dorda pára na porta e começa a atirar para baixo, enquanto o Nene e o Corvo deslizam para o corredor e procuram a saída pela escada que dá para o terraço do prédio.

— Está coalhado de tiras lá em cima.

SETE

A longa odisséia que já dura quatro horas no momento de escrever esta reportagem começou aproximadamente às vinte e duas horas de ontem e até a meia-noite o enorme aparato policial, que empregou uns trezentos homens, estava completo. Os terraços e as casas vizinhas foram ocupados. Passada a meia-noite os bandidos saem do apartamento para o corredor, de onde dão tiros para a rua e para os terraços das redondezas, procurando um jeito de escapar. Violento tiroteio, ao qual se segue um período de relativa calma. Os tiros de pistola e de revólver decresceram de intensidade.

Ainda agorinha conseguiu-se desocupar vários apartamentos do prédio, avisando por telefone aos que não puderam sair para que permanecessem deitados no chão de seus quartos que não dessem para a rua. A polícia teme que os bandidos tentem ocupar alguns dos apartamentos contíguos e consigam fazer reféns.

Foi possível ver no meio da penumbra saírem uns vizinhos, aterrorizados, em trajes de dormir, com os seus pertences. Alguns dos inquilinos entrevistados pelos jornalistas elaboraram as mais extravagantes teorias.

— Primeiro pensei que era um incêndio — disse o sr. Magariños, com um sobretudo preto em cima do pijama azul. — Depois pensei que tinha caído um avião no prédio.

— ...A louca do quarto andar — disse o sr. Acuña — que novamente tentou o suicídio...

— Um preto invadiu o apartamento do primeiro andar e no apartamento mantém dois reféns.

— Os filhos do porteiro estão mortos, pobres garotos, eu os vi caídos no corredor.

Durante as longas horas em que este jornalista permaneceu no local cobrindo os acontecimentos, repetiram-se as versões e as histórias. Dizem que Malito teria conseguido escapar do apartamento sitiado e que vai voltar com reforços, dizem que um dos malfeitores está ferido. O tempo passa e os tiroteios se sucedem no meio da noite e da luz branca dos holofotes que iluminam a fachada e as janelas semicerradas do apartamento ocupado pelos argentinos.

Cercados, rodeados, com dezenas de revólveres e metralhadoras apontando para todas as aberturas e possíveis saídas, entre o ruído dos disparos, enquanto passam-se as horas, os três (ou quatro) bandidos resistem a se entregar e preferem uma defesa desesperada. De várias frentes abre-se fogo em cima deles. Dos terraços voam balas para uma das janelas do apartamento, do térreo para outra, e de um apartamento contíguo para a porta de entrada do número 9.

A luta vai ser mortal. O apartamento foi totalmente cercado e os bandidos vão ser sitiados pela fome, se necessário, embora a polícia não tenha cortado a água (nem a luz) para não prejudicar os outros vizinhos. O tiroteio se prolonga com intermitências e os curiosos se abrigam da garoa persistente no umbral das casas e ali são entrevistados pelos repórteres da televisão.

— São suicidas, vê-se que não querem ser presos.

— Eu entendo. Quem esteve preso não quer voltar a viver trancafiado.

— Estão com todo o dinheiro lá dentro e vão negociar.

As hipóteses e as interrogações se sucedem. Enquanto isso, o assédio continua. O quarteirão está cercado, ninguém pode entrar nem sair da área, as barreiras policiais isolam o bairro como se fosse uma ilha. Todos têm na cabeça imagens recentes da guerra do Vietnã. Mas desta vez a luta é numa casa da cidade e o pelotão sitiado age como um grupo de ex-combatentes que se equipou com armas de guerra e se dispõe a defender sua liberdade até o final.

Desde as vinte e duas horas de sexta-feira até as duas da manhã de sábado a polícia calcula que os bandidos dispararam mais de quinhentos tiros, numa demonstração de que possuem um verdadeiro arsenal. A submetralhadora PAM, de tiro ultra-rápido, a cada poucos minutos deixa ouvir o seu matraquear, que é seguido ou precedido por outros disparos, pelo estampido de calibre 45 e possivelmente de pistolas Luger, armas de guerra de grande eficácia.

A certa altura ouviu-se inclusive um dos bandidos gritando que ia dar uma demonstração do muito que tinham. Foi então que se escutou uma rajada de pistola metralhadora, de doze disparos, cujas detonações demonstravam claramente que eram balas de grosso calibre.

As rajadas dos meliantes eram de tiro muito rápido, razão pela qual o chefe da polícia da Zona Norte da província de Buenos Aires, delegado Silva, disse que reconhecia o uso de metralhadoras Halcón, que sem dúvida foram roubadas do Exército Argentino. Devemos lembrar-nos que (como se presume) um dos integrantes da quadrilha foi suboficial do Exército, e assim torna-se explicável a resistência desses poderosos elementos, que mantiveram nossa polícia à distância.

Surpreende que esses temíveis ladrões tenham em seu poder semelhante arsenal e a polícia indaga como puderam entrar com ele no país e como se deslocaram de um lugar para outro da cidade com tais armas e tantos milhares de projéteis.

Outra coisa que chama a atenção a respeito da determinação dos bandidos é que de uma janela do apartamento 8 que dá para um poço de ventilação e de luz inundou-se, graças a pistolas lança-gases, o apartamento 9 sem que os delinqüentes saíssem, conforme se esperava. Supõe-se, então, que também tenham máscaras antigases, que lhes permitiram resistir a esse recurso que quase nunca falha. Ou do contrário deve-se imaginar uma valentia única nos argentinos, que no meio do inferno do gás permaneceram firmes e resistiram às ordens para se renderem e salvarem suas vidas.

Não esperam nada, só querem resistir.

— Por que não sobem para nos buscar?

A coragem, pensou o jornalista do *El Mundo*, refugiado no oitão da entrada do edifício sitiado, enquanto enroscava a lâmpada do flash para tirar fotos noturnas do cenário da batalha, é diretamente proporcional à vontade de morrer. A polícia sempre age com a certeza de que os bandidos são como eles, isto é, que os bandidos têm o mesmo equilíbrio instável entre determinação e cautela que tem um homem comum a quem dão um uniforme que representa a autoridade e a quem dão uma arma mortal e o poder de usá-la. Mas a diferença é abismal, é a mesma diferença que existe entre lutar para vencer e lutar para não ser derrotado.

Afastou-se até a esquina depois de tirar várias fotos e apoiado num banco, iluminado pela luz do poste da rua, tomou notas rápidas no seu caderninho.

Parecia incompreensível que os bandidos, refugiados dentro do apartamento, tivessem conseguido suportar aquela grande quantidade de gás lacrimogêneo jogada sobre eles, quando os que estavam na esquina de onde se realizava a tentativa de entrar à força no prédio não conseguiam agüentar a nuvem que a brisa arrastava até a rua. Alguns especialistas pensam que os bandidos argentinos têm (ou fabricaram) máscaras antigases, e inclusive alguém afirma ter visto Dorda que, mascarado com os tubos de oxigênio e os óculos que lhe cobriam parcialmente o rosto, apareceu como um inseto monstruoso na janela por um instante interminável e disparou uma rajada de tiros antes de gritar com uma voz que parecia chegar das profundezas do mar:

— Por que não sobem para nos buscar, seus desgraçados, estão esperando o quê?

Inclusive o jovem jornalista do *El Mundo* conseguiu, quase por acaso, ver como num instantâneo o bandido de rosto coberto por uma complicada máscara de gás.

Na verdade, a falta de oxigênio os enjoa, como se estivessem com vertigem de altura, como se a escassez de ar puro impedisse a irrigação do cérebro e agravasse os atos desesperados. Faz pouco que o Gaúcho Louro se enfiou pela janela, meio nu, tentando apagar a tiros todos os focos de luz da rua e a lâmpada dos holofotes e dos faróis dos carros de polícia e debruçou o corpo para a rua, como se nada mais lhe importasse a não ser respirar um pouco de ar puro.

O gás, na realidade, tende a subir para o teto, e na parte baixa dos aposentos, ao rés do chão, eles podem se arrastar e respirar sem maiores problemas. Para aquecer o ar e fazer o gás lacrimogêneo subir o Nene pusera em cima da mesa de vidro os colchões da cama e tocara fogo neles. As chamas davam um aspecto infernal ao lugar e a fumaça subia e enegrecia o teto e as paredes. Deitados no chão de barriga para cima, eles podiam respirar tranqüilos, com o ar viciado em cima, como uma nuvem, a um metro, sobre suas cabeças. Assim conseguiram suportar a noite inteira, sem maiores problemas, os ataques de gás, que foram se fazendo mais esporádicos, à medida que os policiais compreenderam que aquela tática não dava resultado.

Todo mundo pareceu entender que os gases, em vez de minar a resistência dos meliantes assediados, infundia-lhes mais coragem. Seus insultos eram ouvidos claramente entre o fragor das balas e o matraquear incessante das metralhadoras. A resistência dos bandidos também era atribuída por pessoal especializado da polícia à existência de correntes de ar favoráveis no apartamento, que graças às duas janelas que dão para diferentes pátios internos formam uma espécie de corredor arejado que renova o ar e o expele para a rua e faz com que na verdade os policiais e os curiosos postados lá fora sintam o efeito dos gases.

A certa altura decidiu-se empregar granadas explosivas mas temeu-se pelos vizinhos que continuavam presos no prédio, já que muitos apartamentos que estavam na linha de tiro dos meliantes não puderam ser evacuados e durante a noite toda os moradores soltaram gritos desesperados e pedidos de auxílio das janelas contíguas, pois no meio do fragor do tiroteio, trancados com seus filhos, estirados no chão e sem querer se movimentar a fim de que a polícia tentasse uma manobra de salvamento, eles pareciam correr quase os mesmos riscos que os delinqüentes.

Em certo sentido — declarou Silva, com o rosto castigado por causa do cansaço, a cicatriz branca ainda mais branca na pele gelada de sua face — os bandidos mantêm todos os vizinhos do edifício como reféns. Devemos avaliar com cuidado o que temos de fazer para não pôr em perigo vidas inocentes. Isso explica — explicou — que esta operação de limpeza esteja demorando mais tempo do que o tempo necessário para prender quatro delinqüentes.

Avançada a noite, os bandidos tentam outra vez sair do apartamento para o corredor, de onde disparam para a rua e para os terraços vizinhos procurando um jeito de escapar. Depois do violento tiroteio segue-se um período de relativa calma.

— Nunca pensei que a gente fosse se meter nesse buraco e que fosse terminar trancado que nem cachorro.

De quem era aquela voz? Haviam instalado um transistor, e um operador do serviço de informações, com os auriculares colocados, acompanhava as variáveis do que se passava dentro do apartamento sitiado. Mas quase sempre se ouvia um som abafado ou com interferências e inundado por uma série confusa de sinais que vinham de todo o edifício: uma enlouquecida e torturada multidão de gemidos e insultos com que a imaginação de Roque Pérez (o radiotelegrafista) lidava e se perdia. Eram gritos das almas perdidas nas angústias do inferno, das almas extraviadas no sistema concêntrico do Inferno de Dante, porque já estavam mortos, eram eles que, ao falar, faziam chegar suas vozes do outro lado da vida, os condenados, os que não têm esperança; em que grasnidos se transformam suas vozes? perguntava-se o radiotelegrafista que, quando podia se concentrar, distinguia uivos agudos, tiros e gritos, e também palavras num idioma perdido. Um cachorro ficara trancado no quarto do apartamento vizinho e latia sem parar. Uma selva cheia de ruídos a dois centímetros dos tímpanos e através dos quais, como uma fibra de loucura, ouvia-se o som único, fraco, aflautado, do clarinete de uma orquestra de dança que tocava no rádio de algum dos apartamentos, em algum lugar fora de qualquer conjectura. E junto com aquilo som das vozes, como murmúrios mortos ou palavras perdidas no fragor da noite.

Quem ouve as conversas, Roque Pérez, o radiotelegrafista da polícia, com os auriculares colocados e os dedos manipulando os botões que baixavam o som, suprimiam a impureza que cercava as vozes, tentando receber as conversas limpas e claras, enterrado no quartinho acústico, perto da escada, com as alavancas para purificar o som, custa a conectar e a gravar as vozes dispersas que chegam do apartamento sitiado. Instalaram dois microfones, mas um parece ter sido avariado pelas balas e transmite a música de um clarinete como se estivesse ligado a uma rádio submersa na cidade. Pérez tentava identificar as vozes, saber quem era quem, saber quantos eram, espera-se (segundo lhe disse Silva) que algum deles fraqueje, que comece a duvidar e queira se entregar, esperam que em breve haja algum desentendimento entre os bandidos e um deles possa ser trabalhado, no sentido de lhe oferecer privilégios judiciais e conseguir que traia o grupo e que se entregue. Há um, que ele chama de número Um, que fala sem parar, sozinho, num sussurro, quase encostado no microfone, deve estar no canto, perto do radiador da calefação, com o microfone escondido perto dele, e Roque Pérez não sabe quem é, chama-o de Um (é Dorda).

— Eu mesmo (está dizendo o Um), nos últimos anos, quando vivia em Cañuelas, e estava com a condicional, mas já tinha saído de casa, e vivia no depósito do curral, comecei a criar pintassilgos num viveiro e toda manhã soltava um. Eu ficava pensando se os pássaros perceberiam que quando chegasse a claridade um deles ia ser solto, eu ficava pensando se os passarinhos têm nos olhos, que são do tamanho de um alfinete, lugar para guardar as recordações. Eu ficava pensando, o pintassilguinho canta, chega a noite, de manhã entra aquela mão que o solta, o outro, vamos supor, o pintassilgo irmão, imagine que esse se entusiasma, percebe, diz agora eu vou cantar todo dia, chega a noite, durmo e quando vier o sol vem a mão e me tira para o ar livre, me deixa sair voando. — Houve uma longa pausa ou uma interferência. — Assim somos nós, os humanos trancados, a gente tem sempre a esperança de que com o sol chegue alguma coisa de bom.

— E nem sempre é assim.

— Nem sempre é assim... Verdade. Quer? Eu tenho. Sorte, né?, que eu tenha, porque eu comprei assim, de bobeira, no porto, ao sair, do muambeiro que levava a gente, ele tinha um quilo e meio, pó de primeiríssima, eu pensei, melhor que sobre.

Falavam de qualquer coisa, dos pintassilgos, estavam doidões, na deles. Isso agora não tinha a menor importância, ele não queria captar o sentido (Roque Pérez), mas o som, a diferença das vozes, os tons, a respiração, para identificar cada um.

— Por isso, quem garante que quando aparecer o sol o Malito não vai chegar, Gaúcho, e tirar a gente daqui?

Então Dois não é o Corvo, anota Roque Pérez, o Corvo é Três ou é Um. E quem falou é o Dois (é o Nene Brignone, o Dois).

— Uma placa de mármore na sepultura do meu falecido pai, tive que vender os pintassilgos para pagá-la, ele estava na terra, sem nada, com uma cerca de arame em volta, quem levou a placa foi a minha velha, a gente tinha um terreninho ali na descida do aterro da estação, onde ficava o final do cemitério, em Cañuelas, é a coisa mais triste que existe, quando começam a escassear as sepulturas e já tem os barracos de gente que vai viver ali, no meio dos mortos.

Estão delirando, pensa Roque Pérez. Muita droga, muito pó, velhos chincheiros. Tomam cocaína, se picam com tudo, assim qualquer um agüenta, diz Roque Pérez, bancam os machões porque estão pirados, com uísque, com bolinha. Estudou medicina, Pérez, mas entrou para a polícia porque gostava de radiotelefonia, era maníaco por rádio e virou técnico em escutas e gravações e agora vive engaiolado naquele quartinho, destrinchando conversas telefônicas, diálogos inúteis para localizar jogadores trambiqueiros, policiais alcagüetes, políticos que não querem transigir, coisas menores, mas agora, desde a noite de sexta-feira, teve sua grande oportunidade. A transmissão secreta, ao vivo, do que acontece dentro do apartamento número 9 sitiado pela polícia montevideana. Vozes, gemidos, grunhidos, intermitentes pedidos de socorro, gritos isolados. O Dois agora, por exemplo.

— Na terça-feira vai ser o enterro, sempre te enterram três dias depois de morto, porque se por acaso você dá as caras de novo, ressuscita igual a uma múmia, lembra da múmia, que saía do túmulo cheia de ataduras...

— Por exemplo, você se enfia debaixo da banheira, eles vêm, revistam, não te acham...

— Olhe, está vendo, este aparelho funciona mal — do chão, o Nene chuta a TV e a imagem fica boa —, mas está cheio de jornalistas, veja só... Se você se entrega não podem te matar.

— Te matam do mesmo jeito, seu bocó — disse o Dois. — Te matam aqui e te tiram daqui morto, por mais jornalistas que haja... é tudo beleguim, os jornalistas...

"A angustiante espera se prolonga. O cansaço vai tomando conta dos policiais. O tiroteio já não é tão intenso. Há intervalos de quinze ou vinte minutos, quando não se ouve nem um só tiro. Depois, alguns disparos dos atiradores postados no andar térreo ou na cobertura do edifício fazem com que os bandidos respondam com uma rajada."

E de súbito, surpreendentemente, o porteiro eletrônico do edifício, durante uma pausa, faz ouvir a voz de um dos delinqüentes, que dizia:

— Meus cumprimentos ao delegado Silva. Silva! Você está aí, meu amor, Tira, Carrasco, Samango, Silva, suba... Por que não vocês sobem para jogar com a gente uma partidinha de general? Quem ganha sai e quem perde se fode. Tem meia milha na banca, eu liquido você numa só mão de dados. Ouviu? — eles têm de fato um copinho de couro onde tilintam os dadinhos de marfim.

— Chega de brincadeira, pô, quem é que está falando aí? Eu sou o Silva — diz Silva, tranqüilo, com sua voz confusa, de crioulo, uma voz gasta pelo álcool, pelo tabaco fumado no meio dos interrogatórios, tentando amaciar um ladrãozinho, uma puta, um pobre banqueiro de *quiniela*, foi sempre igual, anos e anos, tascar murros no estômago de um cara amarrado a uma cadeira, lhe falar com uma voz que fere, como quem quer enfiar uma agulha no ouvido de um zumbi que se nega a dizer o que você quer que ele diga. — Por que não descem vocês, quem está falando aí, é você, Malito? desça e acertamos tudo, de homem para homem, fazemos um acordo na frente do juiz, eu garanto que não vou fazer a denúncia por resistência de quadrilha.

— Mas por que você não sobe, ande logo, estão comendo o cuzinho da sua filha e você aí que nem um babaca, prenderam ela no banheiro do motel, um magro com uma piroca do tamanho de um braço e ela dá gritinhos de susto e se caga toda quando começa a gozar.

Falavam assim, eram mais sujos e mais desumanos para falar do que aqueles tiras tarimbados em inventar insultos que humilhavam os presos até transformá-los em bonecos disformes. Sujeitos da pesada, os pesos pesados da pesada, que se arrebentavam no pau-de-arara, que se entregavam no final, depois de ouvir Silva xingá-los e dar-lhes choque elétrico durante horas, para fazê-los falar. Os restos mortais das palavras que as mulheres e os homens empregam no quarto de dormir e nas lojas e nos banheiros, porque a polícia e os bandidos (pensava Renzi) são os únicos que sabem fazer das palavras objetos vivos, agulhas que se enterram na carne e destroem a alma da gente como um ovo que se quebra na borda da frigideira.

— Não é por dinheiro — está dizendo o número Dois, e Pérez grava a conversa, constrangido como quem espia sem querer, uma confissão em que de algum modo está incluído, porque todos escutavam, como Pérez, com aflição, o número Dois dizer a Silva. — A grana, eu te dou se você subir, seu filho da mãe, eu te deixo subir e descer sem te tocar num fio de cabelo, mas para nos tirar daqui, vocês vão ter que rebolar, ou com quem é que você acha que está lidando? Você, Silva, está esperando o que para subir? Suba, venha, você está acostumado a esmurrar os ladrõezinhos quando eles estão amarrados, mas quando tem um cara armado, de colhões roxos, você se encagaça, Silva.

A conversa foi se prolongando, como se fosse outra parte do combate. As testemunhas da conversa estão imóveis, fascinadas pelo que ouvem, enquanto Silva tenta manter o diálogo, para que Pérez grave as vozes e possa localizar cada um dos bandidos e por isso Silva faz tudo para que o outro (o Nene?) continue brigando pelo interfone. E aquela voz prostibular, criminosa, delirante, subia pelas paredes e chegava até os que se apinhavam sob a garoa diante da porta do prédio sitiado.

Aproximadamente às 3h30 de hoje (ontem) interrompeu-se a conversa que pelo porteiro eletrônico mantinham as autoridades tentando negociar com os bandidos e começaram a se escutar fortes gritos dos delinqüentes que fazendo uma inútil bravata garantiam estar prestes a sair, dispostos a matar uns quantos samangos, e em certo sentido cumpriram essas ameaças já que parecia que um deles — amparado nas sombras reinantes no corredor do bloco de apartamentos — chegou até a metade da escada e disparou uma violenta rajada de metralhadora para a rua.

Isso fez pensar que os delinqüentes estavam saindo, razão pela qual recrudesceu o tiroteio e uma verdadeira cortina de chumbo cobriu a entrada dos apartamentos.

Depois disso houve um instante de desespero em que os que estavam no hall correram na direção da rua. Atrás permanecia um homem caído no chão, sangrando abundantemente devido a quatro ferimentos de bala. Era o delegado Washington Santana Cabris De León, chefe da polícia uruguaia. Por alguns minutos ficou estendido onde caiu, pois o local era varrido pelos projéteis dos malfeitores.

— Você dançou, seu imbecil ... Por que não vêm buscar este aqui, seus cagões?

O Gaúcho Dorda, seminu, saiu para o corredor, encostou a arma no pescoço dele e no meio de um tiroteio infernal liquidou-o com um balaço na boca. O chefe de polícia e o louco, degenerado, psicótico, criminoso reincidente do Dorda (disse um informante policial) se olharam durante uma eternidade, e depois o Gaúcho Louro, antes de matá-lo, deu-lhe uma piscada de olho e lhe sorriu.

— Morra, seu merda — disse Dorda, e pulou para trás.

O rosto do delegado foi destruído pela descarga, como se lhe tivessem rasgado a carne da boca para fora, ficando só um buraco sanguinolento (assim disse uma testemunha).

Passada a surpresa do primeiro momento socorreram-no levando-o numa radiopatrulha para um hospital onde o delegado chegou morto.

A essência tática do bando de Malito, seu brilho trágico (escreveria mais tarde Renzi em sua crônica dos fatos para a página policial do jornal *El Mundo*) alimenta-se da certeza de que cada vitória obtida nessas condições impossíveis aumenta a capacidade de resistência, torna-os mais rápidos e mais fortes. Por isso aconteceu o que aconteceu, a cerimônia trágica que qualquer um que tenha estado ali esta noite jamais esquecerá.

Primeiro, saiu uma fumaça branca pela janelinha do banheiro, que se abria, como um olho, no alto da parede-meia. Uma pequena coluna de fumaça branca, contra a brancura da neblina.

— Queimar grana é feio, é pecado. È peccato — dizia o Dorda, com uma nota de mil numa das mãos, no banheirinho onde preparava a anfetamina, com um isqueiro Ronson que tinha extorquido de uma bicha; ateia fogo e queima, olha-se no espelho e ri. Na porta está o Nene, que o observa e não diz nada.

— Pensar que para ganhar uma nota igual a esta um guarda-noturno, digamos — os guardas-noturnos são sempre uns fodidos, conhece-os bem, sempre cruza com algum quando já entraram no barracão pelo postigo da janela, e aparece o sujeito com cara de alucinado —, tem que trabalhar duas semanas... e um caixa de banco, dependendo do tempo de serviço, pode demorar quase um mês para receber uma nota igual a esta em troca de passar a vida contando grana alheia.

Eles são o contrário, contam maços e maços de grana própria. Dissolvidos, os comprimidos de Aktemin, triturados e dissolvidos num vidro de Calcigenol, como um leite, têm outro gosto. A gaita estava no banheirinho, a pia é para queimar. O Nene ri. Dorda também ri, mas meio receoso de que esteja caçoando dele.

Depois, a certa altura se soube que os delinqüentes estavam queimando cinco milhões de pesos que lhes restavam do assalto à Prefeitura de San Fernando, de onde, como é sabido, levaram sete milhões.

Começaram a jogar notas de mil em chamas pela janela. Do postigo da cozinha conseguiam que o dinheiro queimado voasse para a quina da parede. Pareciam vagalumes, as notas queimando.

Um murmúrio de indignação fez a multidão rugir.

— Estão queimando.

— Estão queimando o dinheiro.

Se o dinheiro é a única coisa que justificava as mortes e se fizeram o que fizeram por dinheiro e agora o queimam, isso quer dizer que eles não têm moral, nem motivações, que agem e matam gratuitamente, pelo gosto do mal, por pura maldade, são assassinos natos, criminosos insensíveis, desumanos. Indignados, os cidadãos que observavam a cena davam gritos de horror e de ódio, como num conciliábulo de bruxos da Idade Média (segundo os jornais), não podiam suportar que diante de seus olhos se queimassem cerca de quinhentos mil dólares numa operação que paralisou de horror a cidade e o país e que durou exatamente quinze intermináveis minutos, que é o tempo que se leva para se queimar essa quantidade astronômica de dinheiro, essas notas que por motivos alheios à vontade das autoridades foram destruídas sobre uma placa que no Uruguai se chama "patona" e que é usada para remover a brasa nas grelhas das churrasqueiras. Numa folha de lata "patona" foram queimando o dinheiro e os policiais ficaram imóveis, estupefatos, porque o que se podia fazer com criminosos capazes de tamanho despropósito. As pessoas indignadas se lembraram na mesma hora dos carentes, dos pobres, dos habitantes do campo uruguaio que vivem em condições precárias e das crianças órfãs para quem aquele dinheiro teria garantido um futuro.

Salvando uma só criança órfã eles teriam justificado suas vidas, estes cretinos, disse uma senhora, mas são ruins, têm má índole, são uns animais, disseram aos jornalistas as testemunhas, e a televisão filmou e depois repetiu durante o dia todo a transmissão daquele ritual, que o jornalista da TV Jorge Foister chamou de ato de canibalismo.

— Queimar dinheiro inocente é um ato de canibalismo.

Se tivessem doado aquele dinheiro, se o tivessem atirado pela janela para as pessoas aglomeradas na rua, se tivessem feito um acordo com a polícia para a entrega do dinheiro a uma instituição beneficente, tudo teria sido diferente para eles.

— Por exemplo, se tivessem doado aqueles milhões para melhorar as condições das penitenciárias onde eles mesmos vão ficar presos.

Mas todos compreenderam que o ato era uma declaração de guerra total, uma guerra direta e em regra contra toda a sociedade.

— Tem que botá-los contra a parede e enforcá-los.

— Tem que deixá-los morrer devagarinho, assados.

Surgiu aí a idéia de que o dinheiro é inocente, embora tenha sido resultado da morte e do crime, não pode ser considerado culpado, e sim neutro, um símbolo que serve segundo o uso que cada um lhe queira dar.

E também a idéia de que a grana queimada era um exemplo de loucura assassina. Só loucos assassinos e animais sem moral podem ser tão cínicos e tão criminosos a ponto de queimar quinhentos mil dólares. Aquele ato (segundo os jornais) era pior do que os crimes que tinham cometido, porque era um ato niilista e um exemplo de terrorismo puro.

Em declarações à revista *Marcha* o filósofo uruguaio Washington Andrada assinalou, contudo, que considerava aquele ato terrível uma espécie de inocente *potlatch* realizado numa sociedade que se esqueceu desse rito, um ato absoluto e gratuito em si, um gesto de puro desperdício e de puro esbanjamento que em outras sociedades foi considerado um sacrifício que se oferece aos deuses porque só o que é mais valioso merece ser sacrificado e não há nada mais valioso entre nós do que o dinheiro, disse o professor Andrada e de imediato foi convocado pelo juiz.

A maneira como queimaram a grana é uma prova cabal de maldade e de gênio, porque queimaram o dinheiro mostrando as notas de cem que iam pegando fogo, uma atrás da outra, as notas de cem queimavam como mariposas cujas asas são tocadas pelas chamas de uma vela e que ainda adejam um segundo tomadas pelo fogo e voam pelo ar um instante interminável antes de arder e consumir-se.

E depois de todos aqueles intermináveis minutos em que viram queimar as notas como pássaros de fogo sobrou uma pilha de cinzas, uma pilha funerária dos valores da sociedade (declarou na televisão uma das testemunhas), uma coluna lindíssima de cinzas azuis que caíram da janela como a garoa dos restos calcinados dos mortos que são espalhados no oceano ou sobre as montanhas e os bosques, mas nunca sobre as ruas sujas da cidade, nunca as cinzas devem pairar sobre as pedras da selva de cimento.

Logo depois desse ato que paralisou a todos, a polícia pareceu reagir e iniciou uma ofensiva brutal como se o tempo que os niilistas (como eram agora chamados pelos jornais) levaram para concluir seu ato cego os tivesse predisposto e cegado e os tivesse preparado para a repressão definitiva.

OITO

Cansado de dar ordens inúteis, já fazia algum tempo que o delegado Silva se calara. Continuava no comando, vestido com seu impermeável branco, parado num canto, sozinho, fumando. Olhava as janelas escuras do apartamento e via a silhueta hesitante dos ladrões, lá em cima, resistindo. Era preciso matá-los para que não falassem. De quê? Houve negociações? É verdade, delegado — anotava as perguntas em sua cadernetinha o jornalista do *El Mundo*—, que alguns policiais, dizem, teriam possibilitado em San Fernando a fuga dos malfeitores em troca de uma parte do butim?

Era ele o culpado de ter deixado escapar os argentinos, e agora cada policial uruguaio que caía devia ser creditado na sua conta. O garoto que faz reportagens policiais para o *El Mundo* observa-o do meio da rua. Aquele rosto, com a cicatriz, e a infelicidade e a solidão e o mal, grudados no brilho morto dos olhos. Captou uma fugaz expressão de inquietude no olhar de Silva, que se desfez depressa, o delegado se limitara a cobrir os olhos por um instante com a ponta dos dedos e depois a olhar de soslaio para a luz dos holofotes que iluminavam a fachada do prédio. Um gesto frio, de um indivíduo duro, um tanto rápido demais para ser simulado (segundo Renzi), e todavia consciente demais para ser inteiramente natural. Quantos anos e que lutas internas haviam exigido o aperfeiçoamento daquele tipo de gesto de falso desassossego?

Da rua, o jornalista olhava o rosto frágil de Silva que parecia uma máscara japonesa. As mãos pequenas, "de mulher", na esquerda a pistola engatilhada e apontando para o chão, como um gancho ou uma prótese que completa um corpo imperfeito. Armado, podia fingir, podia enfrentar os jornalistas que agora estavam começando a rodeá-lo e a olhar junto com ele para a janela semi-aberta do esconderijo. O rapaz do *El Mundo* anotou o que Silva começara a declarar.

— São doentes mentais.

— Matar doentes mentais não é bem-visto pelo jornalismo — ironizou o cronista. — Tem que levá-los para o manicômio, e não executá-los...

Silva olhou Renzi com expressão cansada; outra vez esse fedelho desrespeitoso, de oclinhos e cabelo encaracolado, com cara de pateta, alheio ao clima real e ao perigo da situação, que parecia um pára-quedista, o advogado de ofício ou o irmão mais moço de um condenado que se queixa do tratamento que os criminosos sofrem nas delegacias.

— E matar gente saudável é bem-visto? — replicou Silva com a voz entediada de quem tem que explicar o que é óbvio para qualquer um.

— Vocês ofereceram uma saída negociada?

— Quem pode negociar com esses criminosos? Ou você não esteve aqui a noite toda?

— Os policiais começaram a ficar com medo — alguém disse.

— E com razão. Não vamos subir; não queremos mártires... — disse Silva. — Mesmo que a gente tenha que esperar uma semana, vamos manter a calma. Esses homens são psicopatas, homossexuais. — Olhou para Renzi. — Casos clínicos, lixo humano.

São frios, não têm piedade, estão mortos (pensava Silva), são como cadáveres vivos e só querem saber quantos podem levar junto com eles. São um exército em miniatura. A adrenalina os ajuda a superar o terror. Estão drogados, são máquinas de matar. Querem ver qual é o limite a que podem chegar, jamais vão se render, querem que a gente peça arrego. Não se assustam com o perigo, levam a morte no sangue, matam inocentes na rua desde os quinze anos, filhos de alcoólatras, de sifilíticos, são uns recalcados, corpo de frenopático, delinqüentes desesperados mais perigosos do que um comando de soldados profissionais, são uma matilha de lobos encurralados numa casa.

— Isto é uma guerra — declarou Silva. — Tem que se levar em conta os mandamentos da guerra. Jamais deixar que cesse o combate quando alguém tomba. Se um homem cai, é preciso prosseguir. O que se pode fazer, além disso? Sobreviver é a glória única de uma guerra — disse Silva. — E quero que entendam o que eu quero dizer. Temos que esperar.

Silva conhecia intuitivamente o modo de pensar dos que estavam no apartamento. Obviamente, estava mais perto deles do que dos jornalistas afrescalhados, filhinhos da mamãe, aspirantes a heróis, pedantes, malnascidos.

— Você faz o quê? — virou-se inesperadamente para Renzi o delegado Silva.

— Sou correspondente do jornal *El Mundo* de Buenos Aires.

— Isso eu estou vendo, mas fora isso você faz o quê? É casado, tem filhos?

Emilio Renzi virou-se de lado, apoiou-se meio torto na perna esquerda e sorriu, surpreso.

— Não, filhos não tenho, moro sozinho, no Hotel Almagro, na esquina da Medrano com a Rivadavia. — Procurou os documentos no bolsinho da jaqueta como se o tira estivesse prestes a prendê-lo. Ao fazer isso, deu uma bobeada, embora com toda a certeza o sujeito já o tivesse observado na entrevista coletiva em Buenos Aires. — Sou estudante e ganho a vida como jornalista, como o senhor ganha como agente de polícia, e se faço perguntas é porque quero escrever uma reportagem veraz sobre o que está acontecendo.

Silva olhou para ele, achando graça, como se o garoto fosse uma espécie de palhaço ridículo ou um debilóide.

— Uma reportagem? Veraz? Acho que você não tem colhões — disse Silva, e foi para a barraca onde estavam reunidos os oficiais uruguaios que planejavam o ataque.

A verdade é que a única maneira de dobrar os criminosos era tentar pensar igual a eles, e Silva tinha certeza de que os integrantes do bando, encurralados, ratos num esgoto sem saída, tentavam bancar os heróis e se dopavam para não desmoronar.

Mereles, por exemplo, aliás, o Corvo, ele conhecia o prontuário, podia imaginá-lo, sempre matara assim, sem mais nem menos, porque se cagava de medo, não era um homem, era um malandro sanguinário, batia nas mulheres, havia diversas queixas das próprias garotas que viviam com ele. A coragem é igual à insônia, pensava Silva, você nunca sabe qual é a preocupação que vai ficar grudada na sua cabeça e fazer você agir como um valente.

Sem a menor dúvida eles passavam a vida vendo filmes de guerra e agora agiam como se fossem um comando suicida que luta atrás das linhas inimigas, em território estrangeiro, surpreendidos pelos russos num apartamento de Berlim Oriental, do outro lado do Muro, cercados, resistindo até que alguém chegasse para salvá-los, Mereles imaginava e ficava no maior ouriço. Havia diversas histórias de pelotões infiltrados em terra inimiga que conseguiam se safar. Táticas de sobrevivência numa ilha do Pacífico e o chão do apartamento com o gás que pairava perto do teto e os flancos protegidos, aquilo era melhor do que uma cabeça-de-praia no Vietnã.

— Em *Areias de Iwo Jima* — começou de repente a delirar o Corvo — os caras se jogam num poço e agüentam firme a investida dos tanques...

Dorda queria dormir um pouco e às vezes tinha a impressão de estar sonhando que se arrastava pelo campo, quando criança, para caçar lebres.

— E que catzo é *Areias de Iwo Jima*?

O grupo, a sobrevivência, a sujeira, a solidão, o isolamento, o perigo iminente, caras que caem num poço, numa emboscada.

Às vezes falavam num sussurro ausente, cada um para si mesmo, e às vezes conversavam ou gritavam ordens entre eles, seguramente exaustos, com os goles de bebida cada vez mais seguidos, picos de euforia que subiam pelo sangue enquanto a noite caía e o sol começava a clarear, de leve, as águas do rio, do outro lado da cidade.

— Quando você está enfiado até o pescoço e não tem mais como tirar o cu da reta, o jeito é meter o pau. É o único jeito. — Esse era o número Dois.

— Trancafiado, de costas para a parede, pondo a cabeça para fora de vez em quando, você sente que pensar não adianta nada, o que é que você vai pensar, se por mais que dê voltas na cabeça não encontra nunca uma saída, eu faço isso, eu vou ali, eu pulo para o corredor, e sempre esbarra numa parede que te impede, você está na lona e tem que se levantar e continuar, pra lá e pra cá, é ou não é? — diz o número Três. — Tomara que o Malito tenha se safado e esteja vendo o que a gente está fazendo...

Pelo televisor que têm no apartamento vêem a moreninha que diz que não foi ela.

— Eu não sabia que eles eram os argentinos que a polícia procurava, conheci um na praça Zavala por acaso e me violentaram, dois deles... Mas eu não cagüetei... A pior coisa que tem — disse a garota, séria, de cara para a câmara — é ser dedo-duro.

Dali a pouco a claridade do dia foi abrindo o seu caminho. De seu refúgio circunstancial, os delinqüentes diminuíram bastante o tiroteio. Os policiais encarregados da operação reuniram-se para estudar novos planos de luta. O grupo de curiosos que o frio e a chuva tinham afastado começou de novo a crescer. Aparentemente, os delinqüentes descansavam, permanecendo um deles de plantão, prevendo um possível ataque final. De vez em quando davam uns tiros para demonstrar que estavam alertas.

A partir daí os policiais compreenderam que os bandidos bem equipados e dispostos a tudo eram capazes de sustentar sua posição até o fim, e por isso a estratégia de ataque começou a ser modificada com o passar das horas. Diversas possibilidades começaram a ser examinadas, falando-se então de lançar-lhes uma granada de pouca potência; de injetar produtos químicos no apartamento onde estavam abrigados, desses usados para apagar incêndios, que grudam na pele como se fossem borracha líquida ou napalm, o que com toda certeza obrigaria os elementos a sair de seu covil; de abrir uma brecha no teto para poder baleá-los do apartamento de cima, no segundo andar, ou de abrir um buraco na parede divisória com o apartamento 8, localizado no primeiro andar, também para baleá-los dali. Esses momentos de incerteza duraram vários minutos.

O Gaúcho sempre jurava que ia deixar a droga quando estava drogado, nessas horas pensava que seria capaz e que não tinha o menor sentido viver caçando o traficante que o abastecia, mas quando não tinha, não conseguia deixar, quando não tinha não pensava em deixar, pensava em continuar, em conseguir. E agora, o pior, ele logo se deu conta, ele ouviu, apavorado, como se mais uma vez as vozes filhas da puta que estavam quietas tivessem se levantado e quisessem alarmá-lo, ele se deu conta de que se continuassem trancados ali mais cedo ou mais tarde iam ficar no sufoco, sem droga.

— O pó — disse — vai terminar mais cedo ou mais tarde, porque quantas gramas tem, a gente vai ter que racionar que nem os náufragos, uma vez eu vi uma fita de uns caras que tomavam água com uma colherzinha, para que não terminasse a água, numa ilha deserta.

— Com uma colherzinha, a água? Tomavam assim?

— De chá — fez o gesto, o Gaúcho, de entornar a bebida, com um biquinho igual a um pássaro.

Ri, o Corvo, que não desgrudou da janela a noite toda. Tem no chão o Florinol espalhado em cima de um jornal e vai tomando um comprimido de vez em quando e paira, numa névoa opaca.

É preciso sair, ouve o Gaúcho, como um oráculo, ouve as ordens, o Gaúcho Dorda, um coro que fala com ele, as vozes apagadas, que quase não se escutam, pois quando há tiros ninguém fala.

— Você sabia, Nene, que não falam se tem bagunça, não ouço, elas caem fora, verdade, essas vacas, e de repente voltam.

— Tem maconha.

— Maconha?

— Eu morei no Brasil, seu panaca, não te disse? Lá eles chamam erva de maconha... Trouxeram do Paraguai... a Moreninha me deu... tinha guardada numa lata, na cozinha.

Arrastou-se, o Nene, pelo chão, pelos corredores invisíveis do apartamento, cruzando as portas, até chegar à cozinha, e depois subiu na bancada e enfiou a mão e encontrou a lata, o cheiro doce do hash. *La cucaracha, la cucaracha*, voltou cantando o Nene, *ya no puede caminar, porque le falta, porque no tiene*, pareceu ouvir o radiotelegrafista, Roque Pérez, em algum lugar do edifício alguém cantando aquela música mexicana da época da guerra civil.

— Este banheiro está todo inundado. Tem que mijar nessa lata que a gente vai jogar pela janela na cabeça dos samangos...

— Onde você roubou essa erva?

— Era da piranha, trouxeram para ela do Paraguai...

Acenderam uns baseados e começaram a olhar a TV. Naquele canto, perto da saída, quase não chegavam balas, e quando eles permaneciam calados os canas ficavam nervosos e atiravam para o ar.

— Está vendo, eles têm um tanque de guerra, e são bem uns mil.

Na chuvinha do amanhecer via-se a tropa e os caminhões e os jornalistas na calçada e a tela da televisão espalhava uma claridade doentia, cinzenta.

— Mas não vão poder tirar a gente daqui... Vão ter que negociar.

Esperavam Malito. Vai ver que ele que tinha feito um refém, sem a menor dúvida, o filho de algum milionário, e de repente apareceria na televisão exigindo que os deixassem sair. Ia chegar para tirá-los dali, ia chegar com reforços, Malito. Uns sujeitos da bandidagem, uns brasileiros do Rio Grande do Sul. Era um capo, Malito, louco mas muito inteligente, sempre distante, sem dar muita bola, mas muito direito com o seu pessoal, um cara que não ia abandoná-los no perigo, afinal eles podiam destruí-lo, bastava levantar o fone do porteiro eletrônico e dizer: tenho um encontro com Malito na rua 18 de Julho. A moreninha podia avisá-lo. Avisar Malito? E ele sabia que ela tinha um quarto numa pensão perto do Mercado? Muito vigiada. Eles viram a moça aparecer diversas vezes na TV dizendo disparates e acusando todos eles de terem-na estuprado. Falsidades para despistar e livrar a cara.

— Garota — disse o Nene, e falou com a imagem da moça na tela. — Calma, magrinha, não fale demais. — Ela o olhou de frente, da tela, e o Nene se arrastou até o fundo e pôs no Winco o disco dos Head and Body.

And if I can find a book of matches
I'goin' to burn this hotel down...

O Nene cantou o estribilho de "Parallel lives".

Mesclaram-se os sons da noite, as músicas mortas da cidade. Aquela era a voz do Mereles? A voz do número Três? Ou era o Dois?

— Uma vez passei quatro dias preso num poço, caí quando era criança e fiquei ali junto com os bichos que andavam pela minha cara e eu não podia gritar porque tinha medo de que eles entrassem na minha garganta e no final me tiraram por causa do meu cachorro que escavava feito louco na beira do buraco.

Quem estava falando? O universo de Roque Pérez ficara ainda mais estreito; não se achava contido no diminuto espaço do desvão de onde manipulava os controles, mas se limitava ao som quase intangível que chegava do esqueleto do edifício. Produziam-se certas interferências e ele então se mantinha conectado com o espírito de toda a cidade. As vozes entravam pelos canais internos porque na teia de aranha do porteiro eletrônico a polícia instalara os microfones (ou era um só? um só microfone no ar?). Eles andaram querendo seguir os passos da droga que circulava pelo inferninho, e agora o usavam para seguir os rastros daqueles marginais, embora talvez o tenham posto ali, a ele, Pérez, em turnos de dez horas, porque houvesse um segredo que os portenhos escondiam e que os chefes tentavam averiguar antes de matá-los. Mas as vozes também chegam de um outro lado que ele não consegue detectar. Do passado, pensou o radiotelegrafista. Talvez pelos encanamentos subterrâneos navegassem as palavras dos mortos, e assim era possível acompanhar as conversas apavoradas de duas velhas que tinham se fechado no banheiro de algum apartamento.

— Santa Maria Mãe de Deus rogai por nós, pecadores.

De onde vinham aquelas rezas, talvez viessem da própria memória do radiotelegrafista, talvez fosse a voz de algum dos bandidos ou o lamento de um vizinho. Ele ia gravando os sons e ao lado alguém tentava se orientar naquela selva de vozes. Não podia sair, estava cercado, sentia-se um espião durante a guerra mandando mensagens por trás das linhas japonesas. Um policial uruguaio, o cabo Roque Pérez, radiotelegrafista de profissão, envolvido na batalha do rio da Prata. E se os bandidos tomassem o edifício e o encontrassem, ali em cima, no desvão, a cinco metros, o executariam com um tiro na nuca.

A cada cinco minutos (aproximadamente) a polícia utilizava os microfones para intimá-los à rendição numa manobra de pressão psicológica, enquanto o corpo técnico da central uruguaia de inteligência do Estado, usando os transmissores do SODRE, escutava (com interferências) as conversas dos sitiados graças aos três microfones colocados no apartamento horas antes da operação.

— Aqui não existe pena de morte.

— Pena de morte... não consigo entender um débil mental que se deixa agarrar para que o cozinhem sentado numa cadeira...

— Às vezes te pegam mesmo que você não queira.

— Nunca.

— O Valerga, pegaram ele dormindo, e quando ele passou a mão na Beretta derrubaram ele e não deu para fugir.

— Tem quatro métodos de execução: forca, fuzilamento, câmara de gás e cadeira elétrica. Demora muito para a pessoa morrer. Às vezes você leva um minuto, um minuto e meio... Prenda a respiração e imagine. A cadeira é bem pavorosa: a fumaça que sai da pele queimada tem um cheiro inesquecível, cheiro de churrasco. Botam os eletrodos na cabeça e nas pernas do condenado. A gente não vê as chamas, vê a mudança de coloração da pele que vai ficando morena, preta.

— E o sistema argentino, você sabe qual é? Um tiro nos bagos.

A madrugada foi transcorrendo lenta e pesada. À baixa temperatura somou-se a chuva cada vez mais incômoda. O tiroteio continuava por momentos. Ao raiar o dia, a polícia, com grandes precauções, no correr de duas horas, pôde evacuar os inquilinos da frente e do andar térreo que tinham ficado presos. A operação teve a cobertura de um alentado tiroteio desfechado das posições que ficavam junto do poço de ventilação.

A escada magirus do corpo de bombeiros foi encostada na varanda do segundo andar e por ali foram descendo, de costas para a rua, as famílias aterrorizadas, que haviam suportado durante tantas horas uma situação de extrema angústia. Assim, viram-se descer senhoras que exibiam rostos pálidos de terror e uma delas exigiu que para ser salva também tinham que evacuar seu cachorrinho pequinês que foi posto numa radiopatrulha policial junto com a dona, na rua Maldonado.

— Minha filha e eu — segundo a sra. Vélez (à Rádio Carve) — passamos o tempo todo no fundo da cozinha e ouvíamos pelo encanamento os gritos e os risos desses rapazes. Estão sendo caçados como ratos... Fiquei com pena, não se mata assim um filho de Deus...

— Acho que estão todos mortos — disse o sr. Antúnez do apartamento vizinho ao 9. — Faz tempo que já não se ouvem os risos e os gritos. Nós estamos bem, mas foi como viver a guerra mundial.

Desocupados os apartamentos vizinhos, a polícia se preparou para a ofensiva final. Como primeira medida, ordenou o corte de água corrente, a que se somou o corte de luz. Depois, usou o procedimento dos arquiconhecidos "coquetéis Molotov", preparando-os com garrafas vazias que eram fornecidas pelo bar da esquina. O objetivo era lançá-los dentro do apartamento 9, tentando com isso criar um princípio de incêndio. Mais uma vez foi em vão, pois os focos foram abafados pelos próprios bandidos que mergulhavam cobertores na banheira cheia d'água e conseguiam debelar o fogo sem deixar que se propagasse. Na mesma hora, em vez de fraquejarem, os argentinos redobraram suas descargas enquanto a polícia revidava ao tiroteio para mantê-los ocupados.

De toda maneira, a essas alturas a situação dos bandidos já era extremamente crítica. Ao ocupar o apartamento 3 (segundo andar de frente, vizinho ao 9), a polícia conseguiu abrir ali, por uma clarabóia, um novo ângulo de tiro que foi ocupado pelo delegado Silva e pelo hábil atirador de metralhadora Thompson, o sargento Mario Martínez, da Roubos e Furtos. Revezaram-se para usar a arma e carregá-la. Essa brecha, que possibilitava um pequeno ângulo aberto para o quarto do apartamento 9, foi de imediato defendida pelos bandidos.

Às oito da manhã os argentinos continuavam fazendo troar as pistolas 45 e as rajadas de metralhadora continuavam revidando cada disparo dos policiais. Não podiam se mexer, a não ser numa área muito reduzida do apartamento, pois estavam bloqueados pelos atiradores de elite.

Ao mesmo tempo, foi destacado para deitar-se no chão e defender a porta que dá para o corredor, a apenas três metros da que corresponde aos bandidos, o agente Aranguren, da 12ª, de vinte e dois anos, casado e pai de dois filhos, junto com o agente Julio C. Andrada, da Roubos e Furtos, um jovem de vinte e cinco anos. Um dos malfeitores (Dorda) arrastou-se até o corredor e pela porta entreaberta do apartamento vizinho disparou uma rajada de metralhadora. Aranguren morreu no ato, e desceram-no por uma janela até a rua, ao mesmo tempo em que também era ferido Andrada, um agente secreto à paisana, vestido com um macacão de trabalho marrom, que ficou deitado no chão da cozinha do apartamento vizinho, refugiado debaixo da pia e longe do alcance dos criminosos.

Finalmente, com a planta do edifício na mão, tentou-se um novo recurso: fazer uma perfuração — a cargo dos bombeiros — no andar de cima, que desse para o teto do apartamento número 9, e por ali atacar os sitiados.

Diversos policiais subiram até o segundo andar pela escada mecânica que os bombeiros colocaram encostada na janela com notável precisão. Para dar cobertura à operação feita a partir do apartamento 11 houve um fogo cerrado pelas clarabóias; e outro pela janela que dá para a área de ventilação, enquanto a polícia entrava no apartamento 13, no andar superior, bem em cima do refúgio sitiado.

Às dez da manhã iniciou-se então a abertura de uma brecha no chão do apartamento que ficava em cima do ocupado pelos argentinos. A idéia era injetar monóxido de carbono pelo orifício e começou-se a trabalhar febrilmente no apartamento de cima com uma pequena picareta de aço. O trabalho não avançava o suficiente e afinal pediu-se um compressor à UTE para acionar uma grande verruma.

Alimentado por um motor rolante, foi introduzido no imóvel um martelo pneumático. Levaram-no ao corredor do segundo andar bem em cima do teto de um dos dormitórios do apartamento 9.

Aplica-se o martelo, trabalha-se febrilmente, e em poucos minutos abre-se uma fenda. Os bandidos tentam impedir essa manobra dando tiros assim que notam a abertura que deixa passar luz. O fogo intenso pelas janelas que dão para os poços de ventilação impedia-os de ficar na posição adequada para acertar com suas balas e atingir os operários.

A partir daí, seus minutos estavam contados. Pela brecha foram jogadas diversas garrafas contendo gasolina, às quais se ateou fogo graças a um pavio. Como se comprovou depois, incendiaram-se as tábuas do chão, diversos objetos, os móveis e as roupas. O ar ficou irrespirável.

Além disso, pela brecha atiraram neles, e o mesmo foi feito do apartamento 11, contíguo ao ocupado pelos bandidos.

Exaustos após intermináveis horas de batalha e após suportarem o efeito do terrível tiroteio, os bandidos tornaram a deixar o apartamento e saíram para o corredor do primeiro andar. Nesse momento, faziam o mesmo dois policiais postados no térreo, no corredor que dá para a escada, e não tiveram outra alternativa senão lançarem-se para o hall principal do edifício, buscando o ar da rua. Os bandidos que cruzaram o corredor disparando sem parar atingiram com um tiro Miguel Miranda quase na soleira da porta da rua, e também outro agente de sobrenome Rocha que tinha se postado contra a parede.

Lá fora, a tropa que via cair mais um de seus camaradas fez um gesto no sentido de avançar, mas o próprio policial ferido virou-se e correu para a entrada, mandando chumbo grosso, e conseguiu fazer os bandidos recuarem e arrastar até a rua o corpo de Miranda.

Ouviram-se protestos indignados de muita gente e vários foram os policiais que pediram autorização para investir, empunhando cada um duas metralhadoras, para o interior do edifício e liquidar com a resistência.

As ordens de Silva e dos outros agentes uruguaios são desgastar os criminosos antes de iniciar a ofensiva final.

No apartamento, Dorda e Brignone, como dois fantasmas, com lenços molhados amarrados no rosto para diminuir o efeito dos gases, tornam a abandonar o refúgio saindo uns metros pelos corredor, de onde efetuam grande quantidade de disparos, voltando em seguida para o apartamento.

As vozes chegavam distantes, misturadas com leves ruídos, com a passagem do ar pelas tubulações e o latido interminável de um cachorro. Mereles estava apoiado no marco da porta que ficava defronte da janela da cozinha e Dorda e Brignone agora tinham se sentado juntos, pegados à janela que dava para a rua.

— Faz quanto tempo que a gente está aqui?

Passado o meio-dia teve início um alentado tiroteio, que desde o primeiro instante demonstrou que os delinqüentes já estavam dispostos a tudo. Melhor morrer, mas matando. Nessas alturas presumia-se que um dos bandidos tinha morrido ou estava gravemente ferido. Procedeu-se então ao lançamento das bombas incendiárias caseiras, com o que se conseguiu afastá-los do aposento que dava para a clarabóia. Isso possibilitou que vários policiais fizessem disparos a partir de outros pontos. Assim chegou-se ao auge da batalha.

Diversos homens haviam quebrado os vidros de um apartamento vizinho ao prédio do número 1182 da rua Julio Herrera, que dá para a rua, e por ali se introduziram para distrair os bandidos atirando neles de outro ângulo, enquanto a verruma ia furando a parede do apartamento contíguo. O orifício estava sendo feito a pouca altura, para que dali se desfechassem tiros rasantes mais eficazes do que os dados até então. Quando a abertura ficou pronta, os delinqüentes, que não descuidavam de nenhuma frente por onde atacar, dispararam por sua vez, ferindo no peito o agente da 12ª Distrital Nelson Honorio Gonzálvez, que foi imediatamente deslizado para a rua pela varanda do primeiro andar. Puseram-no numa ambulância mas ele morreu no trajeto.

A polícia redobrou sua ofensiva e da mesma forma revidaram-lhe de dentro do apartamento, mas ao fim de meia hora de fragoroso tiroteio diminuiu de intensidade o fogo dos bandidos, tornando-se cada vez mais esporádico. Pensou-se que estavam economizando munições, mas não era nada isso, e sim que Brignone e Mereles estavam começando a perder suas forças em conseqüência dos ferimentos acumulados após quinze horas de luta.

O único que ainda permanecia inteiro era Dorda, que de vez em quando atirava com a sua metralhadora depois de atender, alternadamente, a seus dois companheiros. Um policial postara-se do lado de fora, no corredor, e disparava pela janela.

Mereles se levantou para silenciar o fogo do atirador postado em frente, mas antes que conseguisse disparar recebeu uma rajada que o arremessou para o living. Entrara na cozinha para procurar um ângulo de tiro e morreu sem se dar conta, como se o gesto de ir para a luz da janela o tivesse tirado do mundo.

Isso pensou o Nene, que viu a luz da janela brilhar ao fundo e depois sentiu o gemido do Corvo que caía de costas contra a porta do aposento.

— Corvo — disse o Nene. Mas o Corvo já estava morto.

Brignone sentou-se no chão, encostado na parede, atirando para cima com a metralhadora porque a polícia continuava "martelando" com o pistom automático, no teto, um barulho infernal, como se um trem passasse por cima da sua cabeça.

Mereles caíra perto do quarto para o qual se abriu a fenda. Os policiais entrincheirados lá fora atrás de automóveis e caminhonetes receberam a notícia de que possivelmente um dos delinqüentes estava morto. Mas devido à disposição do apartamento onde se encontram escondidos é impossível vê-los, e portanto prematuro apurar a informação.

Brignone queria que o Gaúcho atirasse pelo postigo e, amuralhado num canto, o protegesse enquanto ele se enfiava na cozinha e disparava contra o corredor. Tinham abandonado o aposento principal onde a polícia estava terminando o orifício, que já se abria sob o impacto do martelo pneumático que fazia vibrar o edifício inteiro.

A polícia jogou granadas de baixa potência mas no final optou por outra muito potente, perigosa de ser lançada se não fosse colocada com total segurança. O delegado Lincoln Genta deslizou-a pela clarabóia do banheiro que dava para os apartamentos 9 e 13. O artefato explodiu com precisão e obrigou Brignone a sair correndo para o living, onde o atingiu uma rajada de metralhadora perto da porta do banheiro.

Caiu estendido, de barriga para cima, no corredor, de olhos abertos, respirando agitado, sem gemer, muito pálido. O Gaúcho falava sozinho, em voz baixa, um murmúrio estranho, como uma reza, enquanto se arrastava pelo chão, com a metralhadora na esquerda, e se aproximava do Nene.

Finalmente, Dorda chegou junto do Nene e o arrastou até a parede, protegendo-o, e levantou-o contra o seu corpo, deitou-o sobre si, abraçado, seminu.

Olharam-se; o Nene morria. O Gaúcho Louro limpou-lhe o rosto e tentou não chorar.

— Matei o policial que me acertou? — disse o Nene, na hora.

— Claro, meu amor — a voz do Gaúcho agora soou calma, carinhosa.

O Nene lhe sorriu e o Gaúcho Louro o manteve em seus braços como quem sustenta um Cristo. O Nene pôs com dificuldade a mão no bolso da camisa e pegou a medalhinha da Virgem de Luján.

— Não fraqueje, Marquitos — disse o Nene. Tinha-o chamado pelo nome, pela primeira vez em muito tempo, no diminutivo, como se fosse o Gaúcho que precisasse de consolo.

E depois se ergueu um pouco, o Nene, apoiou-se num cotovelo e disse-lhe algo no ouvido que ninguém pôde ouvir, uma frase de amor, seguramente, dita pela metade ou não dita talvez mas ouvida pelo Gaúcho que o beijou enquanto o Nene se ia.

Ficaram um momento imóveis, o sangue corria entre os dois. Um absoluto silêncio reinava no apartamento. Os policiais apareceram pela brecha. Foram recebidos por uma rajada e pelos gritos de Dorda, entrincheirado agora atrás do corpo de Brignone.

— Venham, seus filhos da puta, vamos ver se têm coragem...

NOVE

É início da tarde talvez, no meio do apartamento desmantelado, totalmente desperto e seguro de si, com o saco de cocaína a um lado, o Gaúcho Dorda ainda tem um pouco de vida pela frente, estranha que sejam tantos os que estão por ali e isso lhe parece um bom sinal. "Quando vierem me matar vai vir um só, o canalha do Silva talvez, o feroz e covarde delegado Silva, vai entrar sozinho para me matar." Sorria perdido, incólume, sentado no batente da porta espreitando na luz úmida e acariciando a metralhadora com a mão esquerda. Pronto para morrer, não; porque nunca ninguém está pronto para morrer, mas disposto a morrer, sim, como quem carrega um estigma desde criança, desde sempre, que lhe diz: "Você vai acabar mal". Cercado, isolado em seu covil, fechado no círculo morto, no meio de um apartamento sitiado, sem poder se mover, está disposto a morrer. As frases da falecida voltam-lhe como uma oração.

— Você vai acabar mal.

Quer dizer, morto por um tiro, ferido pelas costas, traído e, apesar de tudo, ele acabara bem, inteiro, sem trair ninguém, sem dar o braço a torcer. Entusiasmavam-no essas palavras e via, como numa fotografia, um braço que torciam numa queda-de-braço no terraço de um bar ao ar livre em Cañuelas e depois seu corpo morto na capa da *Crónica*. "Morreu a hiena Dorda." Venham, disse, venham seus grandes filhos da puta. Segurou o próprio braço e amarrou-o com a borracha para procurar a veia.

Nada mais tem importância. Apareceu na janela, para ver o que preparavam os bestalhões, mexiam-se como bonequinhos lá embaixo, espremidos contra as paredes, os focos iluminando a tarde. Atrás, no fundo, estava o parque Rodó, e mais atrás o rio. Debaixo da terra, sob os paralelepípedos, estavam os esgotos, os canos principais que corriam como passarelas clandestinas e desembocavam no rio. Escapar pelo subsolo, cavar um túnel com as mãos, sair pelos corredores até o desaguadouro, subir pela escada de ferro, levantar a tampa e sair ao ar livre. O colégio dos padres era em pleno campo, com árvores e pomares e muros altos. Interno, você vai interno. E ele primeiro havia pensado num olho que o mirava enquanto ele dormia, o olho do Ruivo Jara, o zelador, troncho, com um olho leitoso, esbranquiçado, que os espancava no corpo para que não se vissem as marcas. O Gaúcho mijava na cama e o obrigavam a tirar o colchão e a caminhar na frente de todos os que riam dele enquanto carregava o colchão e levava para secar ao sol e andava pelo pátio sem chorar, o Gaúcho, até que o mandavam para o chuveiro e ali sim, com a água que cai pelo rosto dá para chorar sem que ninguém perceba. Não seja maricas, Dorda, não seja veado, a bicha está se mijando nas calças. E riam, os outros, e ele pulava para cima deles e se embolavam na terra, aos murros. Interno, a mãe tinha lhe jogado na cara aquela palavra que lhe soou esquisita, ao ouvi-la, como uma maldição, "Vai ser pupilo interno", disse a falecida, e ele pensou que iam lhe operar o olho, uma mancha para que não visse mais o rosto de sua mãe, mas depois, com o tempo, compreendeu que eram as garotas, nas janelas do bordel do povoado, aquelas que, dos telhados, eles espiavam fodendo, pelos postigos, as pernas brancas, que pairavam no ar, as internas, era para lá que o mandavam? Não podia ser. As internas da Madame Iñiguez, que saíam para passear de madrugada pelo povoado deserto. Não havia homens no sobrado, atrás dos velhos currais elas faziam tudo, as mulheres, só havia um criado que mandaram embora em pouco tempo, todas mulheres, administrando o prostíbulo, atrás da estação de María Juana. A Russinha foi a primeira mulher com quem ele dormiu, não falava castelhano, sorria para ele e dizia umas palavras numa língua esquisita, misturada com algumas palavras em argentino. Machinho lindo, me pague cem pratas, meta, meu amor, dito com ar indiferente como se fizesse contas e recitasse as palavras recordadas de um sonho. Eram iguais, ele e a Russa, não sabiam dizer direito o que sentiam. Ia vê-la e se sentava com ela e olhava-a se tocar entre as pernas e em troca daquilo lhe pagava o que ganhara ou o que roubara pelas quintas, nos galpões da estação, nos fundos do armazém do turco Abad. Não diziam nada, o Gaúcho falava pouco já nessa época, tinha catorze, treze anos, louro, olhos claros, cara de bolacha, e às vezes ouvia nos tubinhos de ar do seu cérebro soar como uma música suave a voz pura e ininteligível da Russinha, que falava com ele no seu idioma e também lhe dizia Machinho, lindo, e aprendeu a dizer Meu Gaúcho Louro e também outras palavras carinhosas como um canto incompreensível que só eles dois entendiam e que lhe penetravam (no Gaúcho) no fundo do coração. Tentava explicar-lhe, o Gaúcho, as arborescências que há no coração, são como uma trepadeira alimentada pelo sangue. Ela entendia? Ele tentava explicar. E ela sabia que não era nas mulheres que ele procurava o amor que lhe temperasse a alma. Queria dizer-lhe coisas assim, como as canções que a falecida escutava, mas a voz não lhe saía. Ensaiava o que ia lhe dizer mas as palavras ficavam travadas. Então ela o olhava, sorrindo, como se compreendesse que o Gaúcho era diferente dos outros, não efeminado, muito machinho, mas diferente dos outros, um invertido, dizia-se no campo, um mariquinhas não, e ela fazia as unhas dos pés, nua, sentada na cama, o cheiro da acetona o enjoava e excitava, dava-lhe vontade de pintar as unhas, e olhava para a mulher com os chumacinhos de algodão separando os seus dedinhos dos pés e ele gostaria de se ajoelhar para beijá-la, como a uma virgem, mas não tinha coragem e continuava quieto, triste, calado, e às vezes ela sorria e lhe falava na sua língua incompreensível ou cantava em polonês, a Russa, e no final se aproximava e o Gaúcho se deixava tocar, rígido, flácido, sem jamais poder penetrá-la e às vezes era ele quem tocava na russinha, acariciava-a como se fosse uma boneca, uma menina que o Gaúcho Louro amasse em segredo. Isso era em 57 ou 58. Já tinha começado a andar armado nessa época e ela não se espantava, nem se assustava, ao vê-lo deixar a Ballester Molina na mesa-de-cabeceira e ela, como se não visse, continuava ali, meiga, debaixo do abajur falando na sua língua, como uma ladainha. E depois? Já não se lembrava. Tinha estado duas vezes no reformatório mas ainda não o haviam levado para o Melchor Romero, ainda não lhe haviam esvaziado a cabeça com eletrochoques, com as injeções de insulina, para que fosse igual a qualquer pessoa. Foi o dr. Bunge, com os seus oculozinhos redondos e a barbicha pontuda, o primeiro que começou a lhe dizer que ele tinha de ser igual a qualquer pessoa. Que procurasse uma mulher, que formasse uma família. Porque desde sempre o Gaúcho, que era um vadio, um caturra, um assassino, homem de manhas e temido na província de Santa Fe, nos armazéns da fronteira, o Gaúcho sempre gostara dos homens, dos peões, dos arrieiros velhos que cruzavam de madrugada pelo arroio, para o outro lado de María Juana. Levavam-no para debaixo das pontes e o sodomizavam (essa era a palavra que usava o dr. Bunge), sodomizavam-no e o dissolviam numa nuvem de humilhação e prazer, da qual saía ao mesmo tempo envergonhado e livre. Sempre desgarrado, sempre impetuoso e sem poder dizer o que sentia, com aquelas vozes que soavam dentro dele, as mulheres que lhe davam conselhos e lhe cochichavam porcarias, davam-lhe ordens contraditórias, amaldiçoavam-no, só de mulheres as vozes no cérebro de Dorda. Por isso tratavam dele com as injeções e os comprimidos no hospital, para curá-lo, para torná-lo surdo, para tirá-lo do pecado da sodomia. Sorriu agora pensando em como olhava para os peões com quem convivia nas épocas em que se contratava pessoal para fazer a colheita. Tinha que conviver meses inteiros, em pleno verão, com os camponeses, um solão que te esturrica os miolos. Até aquela tarde em que ficaram jogando tampinha no armazém, todos meio bêbados, e começaram a zombar dele e riam e faziam piadas e o Gaúcho não podia falar, apenas sorria, com os olhos vazios e o velho Soto pegou-o para cristo, provocou-o e provocou-o até que o Gaúcho o matou pelas costas, deixou-o mortinho da silva quando Soto estava subindo muito bêbado no zaino e boleava o pé e não conseguia alcançar o estribo e o Gaúcho, como se quisesse parar aquela dança ridícula, puxou uma arma e o matou. Foi o primeiro homem morto de uma série que não tinha fim (segundo Bunge, dizia o Gaúcho). Aí começaram as desgraças e o Gaúcho deixou de ser um ladrãozinho, um transviado, para ser um assassino. Levaram-no para Sierra Chica e o trancafiaram a pão e água para que confessasse o que todos sabiam. Tinha lembranças nítidas disso na época e contava-as ao dr. Bunge, que anotava tudo numa cadernetinha branca.

— Se você continuar assim vai acabar mal, Dorda — disse-lhe o médico.

— Eu vou mal — difícil de se expressar, o Gaúcho Louro. — Vou mal desde criança. Sou um desgraçado. Não sei me expressar, doutor.

Fazia gestos com as mãos para dizer o que sentia, mas riam na cara dele. Enfurecia-se. Você vai acabar mal, dizia-lhe sempre sua falecida mãe.

E acabara aqui. Neste apartamento com seu irmão morto, com o trabuco apontando para a rua e a rua cheia de secretas que vinham matá-lo. Vão me esfolar vivo e vão me mandar outra vez para Sierra Chica, com os chilenos. Eram terríveis, os chilenos, tratavam-no como se fosse um animal. Para lá eu não volto. Para Sierra Chica não me levam mais. Apareceu na janela, com o Nene deitado no chão, a medalhinha entre os dedos, o Gaúcho, via-o morto no chão, o único homem que tinha gostado dele e sempre o defendera e o tratara como uma pessoa, melhor do que a um irmão, como a uma mulher o tratara o Nene Brignone, que o entendia quando ele não podia falar e dizia sempre, o Nene, o que o Gaúcho sentia sem poder expressar como se lesse o seu pensamento mas agora estava ali, via-o deitado com o rosto inocente, o Nene, cheio de sangue, de barriga para cima, morto.

Apareceu na janela e olhou para a rua. Havia uma estranha calma, lá embaixo. Lá em cima ele os ouvia se agitarem, os secretas, como se se arrastassem, como se movessem uma folha de lata.

— Venham, seus grandes filhos da puta — gritou. — Ainda tenho duas caixas de balas.

Conseguiu dizê-lo e conseguiu pensar, sem dizer, tenho um pacote de droga, um saco de cocaína, para continuar acordado, tinha resistido tantas horas, tinha chegado a manhã e o meio-dia e não haviam conseguido tirá-los dali dentro. Ele punha o saco na cara e cheirava e sentia que aquilo o libertava e lhe enchia a garganta, como uma atmosfera serena, um ar fresco e limpo que o desanuviava e o levava a pensar que ia poder sair, salvar-se.

Iria levando com ele todos os meganhas que pudesse, isso tinham jurado, sem se dizer, o Nene Brignone e o Gaúcho Louro. Num canto haviam feito as marquinhas, com o canivete, no marco da porta, cada filho da puta que tombava, quantos seriam, ele tinha dificuldade para contar, uns dez ou doze. Se tivesse uma bomba, se tivesse dinamite, amarrava na cintura e se jogava na rua, onde estavam todos os tiras esperando para vê-lo morrer. Que explodisse junto com eles.

Não estavam acostumados a enfrentar homens que lhes resistissem e que não se acovardassem. Estavam acostumados, os mandranas, a baixar o pau, a te amarrar no estrado de uma cama e te dar choque elétrico até te arrebentar. Mas quando encontram um sujeito que resiste, não têm coragem, fazia duas horas que davam voltas sem se atrever a entrar.

— Vem, Silva, seu tira encagaçado.

A voz do Gaúcho saía firme e toda a cidade estava quieta, em silêncio, e sua voz soava como a voz de Deus que chega do alto, a voz do Santíssimo, lá na aldeia. Santa Maria Mãe de Deus rogai por nós pecadores agora e na hora de nossa morte amém. Rezou de um só fôlego, se lembrou todinha, quanto tempo fazia, da oração que a irmã Carmen lhe ensinara. Um hospício cuidado por freirinhas que o ensinaram a rezar e o Gaúcho às vezes para que as vozes fossem embora rezava e rezava sempre a mesma oração à Mãe de Deus.

— Me tragam um padre — disse. — Vou me confessar.

Tinham entrado a cavalo pelo pátio lajeado e a mulher saiu para exigir-lhes respeito com a escopeta de dois canos debaixo do braço. De onde vinha aquela recordação?

— Tenho direito a pedir um padre, sou batizado.

Lá fora soaram uns tiros e umas vozes distantes. Ele estava calmo, agora, sabia que andavam pelos apartamentos vizinhos, os secretas. Lembrava-se daquela mulher com a escopeta; era sua mãe? Mas depois não se lembrava de nada, dava um branco, tudo era um vazio, um nada. Assim era sua vida. Dos anos anteriores ao hospício ele se lembrava bem, e depois tudo apagado e depois encontrou o Nene. Passavam voando os dias e os meses nunca terminam. A cadeia torna os dias lentos e os anos velozes. Quem dizia isso? Depois que saiu da prisão não se lembrava de nada até o dia de hoje, sentado no chão contra a janela, esperando que viessem matá-lo.

Já não lhe restava voz, ao Gaúcho Dorda, para rezar. Coitadinho, ia morrer, na República Oriental do Uruguai. Assim falava o finado pai: conheço Entre Ríos, e a República Oriental do Uruguai. Tinha viajado muito, seu pai, que possuía uma frota de carroças e fazia a colheita grossa.

Um vento suave chegava pelos postigos e mexia os espectros das cortinas queimadas do aposento. O corpo do Nene deitado num canto e atrás a janela que dava para o pátio. E viu seu pai, de repente, chegando de noite no cavalo tobiano.

— Olá, compadre...

Os cavalos andando lentamente já conheciam o barulho do motor das colheitadeiras; quando ele vinha forçando a mata porque a fileira de cereais era gorda e se acelerava o regulador, os matungos param, e quando ele arrefece, prosseguem. Vinham-lhe agora as imagens claras da colheita quando teria dez, onze anos, em Tandil. A rapidez com que tinham de costurar os sacos, quando o rendimento chegava a trinta por hectare, vira e mexe caía um pouco na eira porque na pressa se costurava a ponta da blusa na aniagem. O fio de seda na boca do saco, uma laçada e mais nada, uma cruz. Jamais conseguiu aprender a costurar a boca dos sacos. Era meio retardado, dizem, mas não é verdade, tinha dificuldade para falar e estava sempre brigando com aquelas mulheres que lhe diziam coisas no ouvido. Costuradas, as palavras, em seu corpo, com fio gordurento, carregava dentro de si uma tatuagem, com as palavras de sua falecida mãe talhadas como numa árvore.

— Como relâmpagos, como clarões, como uma luz, as recordações — diz Dorda. — Aqui estou e aqui fico.

Tudo estava destruído ao seu redor, as paredes estavam nuas e quebradas, sem reboco, exibindo só as vigas, um número inacreditável de balas achatadas estavam espalhadas pelos quartos e pelo living, banheiro e cozinha e mostravam a intensidade do fogo suportado durante horas. O que restava de pé não podia ser reconhecido como mobiliário.

— Vão vir me tirar daqui, os homens do Silva, o canalha, dedo-duro, a noite é que te traz...

No chão foram encontradas duas pistolas 45, uma submetralhadora PAM e um revólver calibre 38, em dois caixotes desconjuntados restavam uns poucos projéteis: esse era o arsenal com que os três bandidos haviam resistido durante quinze horas ao assédio de mais de trezentos policiais.

Ria sozinho, sentado, com as vozes que soavam dentro dele, baixas agora, desfechou uma rajada para que soubessem que continuava ali.

Iam vir no escuro, pelos corredores, para buscá-lo, os secretas. Andavam pela aldeia numa charretinha preta, vestidos com ternos jaquetão. Desciam na estação e para ali levavam os presos algemados. Levaram o louco Anselmo e toda a aldeia o acompanhou, subiram com ele no trem, no vagão de segunda, um secreta de cada lado, porque ele degolara o patrão que o encontrou roubando em La Blanqueada. Era um gringo matreiro, salteador, e o procuravam pelos pagos e aldeias e o pegaram de surpresa no curral da estação de trem. Apareceu o patrão e ao vê-lo xingou-o ("Gringo de merda") e o carcamano deixou-o mortinho da silva com um pontaço. Teria nessa época quantos anos, que idade, Dorda, doze, treze, até aí chegavam as suas recordações, depois, nada, como se tivessem apagado o que ele carregava dentro de si, e ele ficou parado naquele tempo, só se lembrava de quando era criança e depois nada. Tiraram-no da charretinha, o gringo Anselmo, e ficaram esperando que chegasse o trem de passageiros que vinha do Sul, na plataforma vazia da estação de Pila. Os dois secretas com o louco Anselmo, de alpargatas e guarda-pó cinza porque tinha trabalhado no correio e começou a abrir as cartas e a roubar a correspondência e a escrever cartas às mulheres e a visitá-las para estuprá-las, segundo diziam. Parece que só levava as cartas em que havia más notícias porque era supersticioso. As cartas, encontraram-nas nos fundos de sua casa, classificadas, e quando o descobriram, ele saiu atirando e se dedicou a ser quatreiro e a carnear gado alheio e a estuprar as chinas nos ranchos perdidos da província, lembrou-se agora Dorda, apoiado contra a janela e os espiava de um canto, via como se agitavam, embaixo, na rua.

O matreiro ia algemado com as mãos para a frente, as mãos amarradas na altura da cintura, mas olhando com altivez, orgulhoso de ser um homem mau, um rebelde, mirava as vias férreas e os dois canas, de bigode e poncho, calados, fumando, porque tinham que viajar com ele até La Plata no trem de passageiros que vinha de Bahía Blanca.

— Você vai acabar assim — a falecida lhe disse naquela noite.

Pela clarabóia do apartamento 3 e da fenda aberta na parede da sala de jantar do segundo andar do prédio vizinho e que dava para o quarto deu para ver Mereles que estava caído "em decúbito dorsal" em cima do estrado da cama apoiado apenas na parede. Com extremo cuidado, do apartamento 11 deu para ver Brignone, cujo corpo jazia metade na cozinha e metade no hall. Mas faltava o outro assassino.

Agora a luz passava pelas cortinas. Tinha droga para mais duas horas.

— Tragam droga — gritou.

— Renda-se, merda — ouviu.

Pela brecha feita a partir da casa vizinha viram-se os corpos de dois dos bandidos, jacentes e com inúmeros furos de bala. Quase encostado na dobradiça da porta, o pé de um dos dois bandidos parecia evidenciar uma última tentativa de fuga sem tiros. Em seguida, no living-sala de jantar da casa o corpo completamente manchado de sangue do bandido jazia de barriga para cima, banhado numa imensa poça de sangue que se estendia por quase toda a superfície do living. A poucos centímetros dele, o outro bandido também jazia banhado em seu próprio sangue. O primeiro bandido vestia blue-jeans e camisa branca e ao seu lado havia uma arma: uma metralhadora Thompson. O segundo bandido usava calça azul e camisa marrom. O terceiro estava sentado, de costas para a janela, num vão, era Dorda.

Andavam como ratos pelos corredores, os secretas. Um padre viria benzê-lo.

— Vou dar uma cafungada, com licença, venham se quiserem.

Por via das dúvidas desfecharam mais uns tiros da abertura para dentro e pela janela do banheiro lançaram mais granadas de gás. Não houve reação. Um policial aparece no corredor e dois segundos depois cai crivado por uma rajada.

A porta de entrada da casa estava dependurada, parecendo um estandarte petrificado da morte, em seus gonzos inferiores, e nela havia milhares de furos de bala. Um regato de estilhaços e uma atmosfera de fumaça, pólvora e sangue enchia o corredor.

Ele sempre fora objeto de interesse para os médicos, os psiquiatras. O criminoso nato, o homem que desde criança foi um marginal, morre de acordo com sua lei. Era um destino do qual não podia escapar e ao qual era conduzido como Anselmo no vagão de segunda do Ferrocarril del Sur. Ele não gostava do campo, tudo igual, plano, ele fugia da sesta e subia nas colheitadeiras, tinham um assento de ferro, esburacado, onde mal se cabe, e muito acima uma alavanca para frear. Ele tivera a sorte de montar os percherões atados com sogas, levando as tralhas, à cilha, com uma correia feita de loncas para que o carro saísse do atoleiro. Quando se chegava à lomba, descansava-se, à beira do alambrado, por duas razões, porque se avistava, panorâmico, o caminho, e porque nas lombas costuma haver tocas de lebres e é possível pegá-las com a ajuda dos cachorros.

Chegou à cidade e foi viver numa pensão, em Barracas, mas disso não fala, nem quase se lembra.

Dentro da casa, no quarto, da cama de casal só restava um monte de madeira destruída pelas explosões das granadas lacrimogêneas e rajadas das metralhadoras.

Todo o local jorrava sangue.

Era como se, além do mais, na casa tivesse entrado uma empresa de demolição e do casco do apartamento não tivesse sobrado nada: só estavam de pé as paredes mestras.

Os policiais não tinham coragem de entrar. Não se podia saber a essas alturas se os três bandidos tinham se suicidado, morrido de alguma das rajadas de metralhadora disparadas contra a porta do apartamento defronte ou morrido da granada de mão que, dizem, foi lançada do andar de cima por um buraco aberto no teto com uma perfuradora.

Dorda estava ali com as armas a seu alcance, pensando em como disparar até o final. Tinha se aplicado um pico de heroína.

Lembra-se, Nene, quando você ia pelo meio da rua, em criança, procurando ovos de pomba, em Bolívar, no verão. Tomavam banho na lagoa barrenta e furavam os ovinhos com um alfinete e os engoliam de uma vez só.

Do campo não resta nada, está tudo vigiado pelos secretas. Conservava aquelas imagens rápidas, uma estrada e um automóvel que chegava com uns sujeitos armados. As vozes lhe diziam coisas incompreensíveis, lhe falavam às vezes no doce idioma da polaquinha do hotel de passe. Vá saber o que queria dizer, o quanto teria sofrido, a coitada, tão linda mulher, trouxeram-na enganada para se casar com um homem de posses mas logo a trancaram num barco e a levaram para o interior e a fizeram trabalhar na casa de Madame Iñiguez (a chilena). Era uma camponesa que sabia costurar e fazer gulash e a trouxeram para que pudesse ter uma família longe da guerra e da fome. Uma vez pensou, meio adormecido, como se tivesse escutado, que o melhor era matá-la, escutou que ela estava lhe pedindo que a matasse. Não quis, não queria. Tentou tirar da cabeça essa idéia que ficava agarrada nele como um bicho, como um carrapato, a voz, e o Gaúcho fechou os olhos porque a moça estava sentada no pé da cama, nua, com o cabelo vermelho que lhe batia na cintura e ele dentro do cérebro ouvia esse grampo como que de arame lhe transmitindo, uma voz disse que a matasse, falava naquele idioma dela que ninguém entendia naquela região e no entanto as palavras lhe diziam que por favor a salvasse e lhe evitasse esse sofrimento de ter que ficar com aqueles camponeses brutos das províncias vizinhas ("as províncias vizinhas"), ninguém entendia que ela era uma princesa polonesa e que já não agüentava mais a solidão e o sofrimento ("o sofrimento"), tinham-na separado de sua filhinha, de Nadia, um médico a levara porque lhe disse que estava com tifo ("tifo"). Deu-lhe cem pesos e levou a menina enrolada num manto e a embarcaram numa carroça e a desembarcaram num prostíbulo em Chivilcoy (contou Dorda a Bunge). E o Gaúcho entendeu essas palavras, as palavras que a polaca dizia, a cativa, como se fossem contra-senhas e ela lhe disse que a levaram numa carroça e a trouxeram para a província de Santa Fe para trabalhar com os peões das colheitas, para acompanhar os acampamentos, e agora estava perdida e vivia num quartinho especial porque os pretos a preferiam porque ela era uma mulher de cabelo ruivo, uma européia, mas queria morrer e deixava que o Gaúcho lhe acariciasse os pés e fosse seu servo, e nua, de cara para o espelho, olhava-o com aqueles olhos de princesa e pedia que a matasse e o Gaúcho deu atenção à voz que lhe ordenava suavemente o que tinha que fazer, pegar a Beretta no cano da bota e apontá-la para os olhos e nesse momento ela fez uma cara de espanto e de terror que o Gaúcho jamais pôde esquecer, ficou-lhe para sempre uma espécie de estampa, a certeza de que talvez ela tivesse se assustado no último momento como acontece com os suicidas que se arrependem e tentam viver e ela estava nua, com o cabelo vermelho solto caindo pelas costas e levantou a mão, assim, num gesto de piedade e espanto, enquanto o Gaúcho lhe estraçalhava a cabeça.

Aí o levaram para o alienista e o mataram de paulada e injeções para adormecer cavalos, umas picadas que lhe davam e o deixavam como morto em vida, faziam todos os seus ossos doer, e ele ficava o dia inteiro deitado na cama, assassino de mulheres indefesas, sufocado na camisa-de-força, numa sala com outros loucos que falavam da guerra e da loteria e ele ficava quieto pensando e escutando as vozes e a voz da russinha que lhe pedia que a matasse e uma tarde um louquinho, o Loco Galvéz, apareceu com uma tesoura de bico afiado e libertou todos os loucos furiosos e deixou-os escapar. Era o Natal de 1963 e todos estavam ocupados com os festejos e o Gaúcho pegou um trem em Gonnet e desceu em Constitución e começou a dormir na estação e ali foi onde conheceu o Nene, que chegava de Mar del Plata com uma mala depois de ter ganho um dinheirão no cassino e achou-o com cara conhecida. Haviam estado juntos em Batán, quando crianças, no Instituto de Menores, e o Brignone levou-o para viver com ele. Tinha aquela imagem do Nene vindo pela plataforma, alegre, com a mala, como se o estivesse procurando, e o Gaúcho estava encostado num banco de costas para a parede, no fim da plataforma, e o Nene se aproximou e disse:

— Você eu conheço, você é de Santa Fe, é o Gaúcho Louro, estivemos juntos em Batán.

A memória do Gaúcho não andava bem mas quando viu aquela cara na neblina do amanhecer, elegante e alegre, soube que era verdade, parecia um Cristo, o Nene, parado contra a claridade da estação.

O delegado Silva conseguiu se esgueirar até o apartamento do segundo andar e se lançou pela porta completamente destroçada disparando com a sua metralhadora rajadas em todas as direções. O último bandido, o Gaúcho Dorda, tinha se posto de pé, cambaleante, já "liquidado", fez um esforço e disparou sua metralhadora mas não conseguiu acertá-lo, estava fraco demais e sentiu que Silva estava longe demais, na claridade da tarde. Então caiu, como quem dorme depois de uma noite de insônia.

Com as devidas precauções os policiais foram se aproximando, comprovando então que dois dos bandidos (o Corvo Mereles e o Nene Brignone) estavam abatidos no chão, e o terceiro, muito ferido, inclusive à beira da morte.

Pouco depois ouviu-se o grito do chefe de polícia avisando para a rua que cessassem o fogo já que os bandidos não ofereciam nenhuma resistência. Da posição em que esse policial se encontrava viam-se os pés de um dos delinqüentes, que estava estirado muito perto da porta.

Quando o jornalista enviado ao palco da batalha entrou no apartamento o espetáculo era realmente dantesco. Nenhum outro adjetivo serve para retratá-lo. O sangue inundava o local e parecia impossível que três homens tivessem conseguido manter tamanha determinação e heroísmo. Dorda estava vivo, com as costas apoiadas na cabeceira destruída da cama, abraçado ao Nene como quem segura uma boneca nos braços.

Dois padioleiros entraram e carregaram o ferido, que continuava sorrindo, com os olhos abertos e um sussurro ininteligível nos lábios. Quando desceram Dorda pela escada os curiosos e vizinhos apinhados no local e os policiais se atiraram sobre ele e o espancaram até que desmaiasse. Um Cristo, anotou o rapaz do *El Mundo*, o bode expiatório, o idiota que sofre a dor de todos.

Os policiais provocaram um tumulto ao saber que um dos bandidos ia ser retirado com vida do edifício. Aos gritos de "Assassino", "Tem que matar", amontoaram-se em cima da maca e bateram no moribundo.

Quando apareceu o corpo ensangüentado de Dorda, com os ossos quebrados e expostos, um olho ferido e o ventre cortado e no entanto ainda com vida, houve primeiro um instante de silêncio e de estupor. A multidão o cercou e os padioleiros pararam.

Foi o primeiro a sair, ainda vivo, o primeiro a ser visto dos terríveis malfeitores que tinham combatido heroicamente durante dezesseis horas. Um corpo frágil, com jeito de lutador de boxe, uma vítima sacrificial, e ao verem-no formou-se uma onda de ódio e quando o primeiro homem o espancou foi como se o mundo viesse abaixo e se rompesse o dique do rancor.

Lançou-se sobre o miserável uma avalanche de paixão que foi quase impossível conter.

Uns quatro ou cinco policiais e jornalistas o espancaram com suas armas e suas câmeras, o bandido ferido era um banho de sangue vivo e palpitante ainda, que parecia sorrir e murmurar. Santa Maria mãe de Deus rogai por nós pecadores, rezava o Gaúcho. Via a igreja e o vigário que o esperava na paróquia. Talvez se pudesse confessar-se poderia ser perdoado, poderia pelo menos explicar por que havia matado a ruiva, porque as vozes lhe disseram que ela não queria continuar vivendo. Mas ele, em compensação, agora queria continuar vivo. Queria voltar a estar com o corpo nu do Nene, os dois abraçados na cama, em algum hotel perdido na província.

A avalanche o cercou e centenas de vozes se ergueram até o sol pesado da tarde pedindo sua morte.

— Que o matem!... Matem!... Que o matem!...

Nunca se vira coisa semelhante, naquele momento o descontrole coletivo se justificava segundo alguns pelo mal terrível e cruelmente causado à sociedade e às suas leis pelos delinqüentes.

O desejo de vingança, que talvez seja a primeira faísca no relâmpago da mente humana quando está ferida, corria na velocidade da luz por entre a multidão. E a multidão pressionou: várias centenas de homens e mulheres de todo jeito e de todo tipo clamando por vingança.

Foram inúteis até os cordões de isolamento feitos pelos policiais e sobre o amontoado sanguinolento de Dorda choveram de todo lado as pancadas, os chutes, os socos, as cuspidas e os insultos.

Por fim, ele foi tirado do tumulto e levado numa ambulância para ser transferido ao Maciel. Eram 2h15 da tarde e a ambulância onde conseguiram deitá-lo perdia-se num mar humano.

Então o chefe da polícia argentina falou e sua voz foi um copo de água fria sobre a multidão alucinada.

Pedia calma, pedia sossego para o trabalho da Justiça, pedia tempo para a meditação e piedade profunda em memória dos mortos.

— Eu dei nele o último soco — disse Silva.

E sobre as cabeças da multidão mostrou no ar caliginoso da tarde o punho direito, manchado de sangue.

As lágrimas corriam copiosas pelo rosto redondo e gordo do delegado Silva, numa mistura com o suor, o calor da tarde, o gás lacrimogêneo que ainda pairava preguiçoso nas copas das árvores e o cheiro acre do sangue de mais dois policiais, mortos naquela manhã na soleira do prédio...

Na contramão pela rua Canelones para o Sul, com as sirenes ululantes, a ambulância da Saúde Pública ia a toda velocidade para o Maciel. Não puderam me matar e não vão poder me matar. Sentiu o gosto de sangue nos lábios e a dor de um dente quebrado e pelos olhos embaciados via a brancura da tarde. Minha mãe sempre soube que eu estava fadado a não ser compreendido e ninguém jamais me compreendeu mas às vezes consegui que alguns gostassem de mim. Ah, pai, disse como num eco distante, o cavalo tobiano vai me tirar daqui. Ia então se juntar ao Nene Brignone, no campo aberto, no trigal, na noite tranqüila. A sirene da ambulância se afastou e se perdeu ao dobrar a esquina da Herrera e a rua finalmente ficou vazia.

EPÍLOGO

1

Este romance conta uma história real. Trata-se de um caso menor e já esquecido da crônica policial que para mim adquiriu, porém, à medida que eu investigava, a luz e o *pathos* de uma lenda. Os fatos ocorreram em duas cidades (Buenos Aires e Montevidéu), entre 27 de setembro e 6 de novembro de 1965. Respeitei a continuidade da ação e (na medida do possível) a linguagem dos protagonistas e das testemunhas da história. Nem sempre os diálogos ou as opiniões transcritas correspondem com exatidão ao lugar onde se enunciam, mas sempre reconstituí com material verdadeiro as declarações e as ações dos personagens. Tentei ter presente em todo o livro o registro estilístico e o "gesto metafórico" (como Brecht o chamava) dos relatos sociais cujo tema é a violência ilegal.

O conjunto do material de documentação foi usado segundo as exigências da trama, ou seja, quando não pude comprovar os fatos em fontes diretas preferi omitir os acontecimentos. Isso explica que a grande incógnita (o momento fantástico) do livro seja o misterioso desaparecimento de Enrique Mario Malito, o chefe da quadrilha. Ninguém sabe realmente o que aconteceu com ele nas horas que se seguiram ao assalto. Há várias hipóteses sobre seu destino mas respeitei a intriga que teceram os protagonistas.

Alguns dizem que se desligou do bando no momento em que foram flagrados trocando as placas do Studebaker e que viajava no Hillman que se afastou da rua Marmajará antes do enfrentamento com a polícia. Tinha um encontro com Brignone no dia seguinte mas a série de detenções e o cerco do apartamento cortaram a conexão. A versão mais verossímil assegura que, apesar de estar isolado e sem contatos, conseguiu escapar e ir para Buenos Aires e que morreu em Floresta em 1969. A versão mais extravagante diz que conseguiu fugir pelo telhado do edifício justo quando chegou a polícia e que se escondeu numa caixa-d'água, onde se manteve a salvo durante dois dias até poder chegar ao Paraguai e que viveu em Assunção até sua morte (de câncer) em 1982, com um nome falso (Aníbal Stocker, segundo as fontes).

O Gaúcho Dorda, de seu lado, recuperou-se dos ferimentos e foi extraditado para Buenos Aires e morreu no ano seguinte, assassinado durante uma rebelião de presos na cadeia de Caseros (ao que parece, executado por um infiltrado da polícia). Durante sua estada no hospital e na prisão (no Uruguai), em janeiro e fevereiro de 1966, foi entrevistado pelo repórter do jornal *El Mundo* de Buenos Aires que publicou parte das declarações de Dorda em duas matérias de 14 e 15 de março de 1966. Também tive acesso à transcrição dos interrogatórios de Dorda que constam dos arquivos do caso e aos relatórios psiquiátricos do dr. Amadeu Bunge. Devo agradecer a meu amigo, dr. Aníbal Reynal, promotor do Tribunal de Primeira Instância, pela possibilidade de consultar e fichar esse material. Foi para mim de grande valia a ajuda do promotor da 12ª Vara de Montevidéu, dr. Nelson Sassia, que me permitiu trabalhar com as declarações testemunhais e os autos judiciários do caso. Conheci assim os testemunhos de Margarita Taibo, Nando Heguilein e Yamandú

Raymond Azevedo, entre outros implicados. Em Buenos Aires foi o advogado Raúl Anaya que me permitiu consultar as atas dos interrogatórios de Blanca Galeano, Fontán Reyes, Carlos Nino e demais incriminados no processo. Tive acesso também à defesa e à declaração do delegado Cayetano Silva no processo interno que lhe foi movido pela polícia por suposto suborno (e que foi sobrestado).

A outra fonte importante para este livro foi a transcrição das gravações secretas realizadas pela polícia no apartamento da rua Herrera y Obes, às quais tive acesso graças a um mandado do dr. Sassia que me possibilitou trabalhar com esse material confidencial. Em novembro de 1965 publicou-se em *Marcha*, de Montevidéu, uma extensa entrevista de Carlos M. Gutiérrez com o radiotelegrafista uruguaio Roque Pérez encarregado do controle técnico das gravações.

Obviamente, consultei o arquivo dos jornais da época, especialmente *Crónica*, *Clarín*, *La Nación* e *La Razón* de Buenos Aires e *El Día*, *Acción*, *El País* e *Debate* de Montevidéu. Foram sobremodo úteis os artigos e notas de quem se assinava E. R., que cobriu o assalto e foi o enviado especial do jornal argentino *El Mundo* ao local dos acontecimentos. Reproduzi livremente esses materiais, sem os quais teria sido impossível reconstituir com fidelidade os fatos narrados neste livro.

Devo à generosidade de meu amigo, o escultor Carlos Boccardo, que vivia em Montevidéu quando se passaram os acontecimentos da rua Herrera y Obes, uma série de precisões e de documentos que me ajudaram a redigir as diferentes versões da história.

2

A primeira conexão com a história narrada neste livro (como sempre acontece em toda trama que não seja de ficção) surgiu por acaso. Uma tarde, em fins de março ou princípio de abril de 1966, num trem que ia para a Bolívia, conheci Blanca Galeano, a quem os diários chamavam "a concubina" do bandido Mereles. Tinha dezesseis anos mas parecia uma mulher de trinta e estava fugindo. Contou-me uma história estranhíssima na qual só acreditei pela metade e pensei que seu relato estava orientado para que eu lhe pagasse (como ocorreu) as refeições no restaurante do trem. Nas longas horas daquela viagem que durou dois dias ela me contou que acabava de sair da prisão; que havia ficado presa durante seis meses por formação de quadrilha com os ladrões do Banco de San Fernando e que ia como exilada viver em La Paz. Contou-me uma primeira e confusa versão dos fatos que eu me lembrava vagamente de ter lido nos jornais meses antes.

Essa moça que falava de um gângster que lhe permitira conhecer o outro lado da vida e que agora estava morto e a quem tinham crivado de balas depois de resistir quinze horas como um herói, deu-me o impulso inicial para interessar-me pela história. "Tinha bem uns trezentos tiras e eles agüentaram firmes trancados ali e ninguém conseguiu tirálos de lá", dizia a Garota com uma linguagem que soava hostil, como costuma soar a linguagem quando é usada para contar uma derrota. A menina largara o curso secundário, virara uma viciada em cocaína (segundo comprovei de imediato ao viajar com ela), dizia ser filha de um juiz e jurava que estava grávida do Corvo. Falou-me dos gêmeos, do Nene Brignone e do Gaúcho Dorda e de Malito e do Cambaio Bazán e eu a escutei como se me encontrasse diante de uma versão argentina de uma tragédia grega. Os heróis decidem enfrentar o impossível e resistir, e elegem a morte como destino.

Desci em San Salvador de Jujuy porque queria chegar a Yaví para a procissão da Semana Santa. O trem ficou parado meia hora para trocar de bitola e ela desceu comigo e nos despedimos num bar de teto de zinco ao lado da plataforma onde tomamos cerveja brasileira. Depois a menina continuou sozinha a viagem para La Paz e nunca mais a vi. Lembro-me de que no trem e na estação e em seguida no hotel tomei algumas notas do que me contou (porque naquele tempo eu considerava que um escritor devia ir a todo canto com um caderninho de notas) e pouco depois (em 1968 ou 1969) iniciei a pesquisa e escrevi uma primeira versão deste livro.

Sempre serão misteriosas para mim as razões pelas quais algumas histórias resistem anos a fio a serem contadas e exigem um tempo próprio. Abandonei o projeto em 1970 e mandei os rascunhos e a documentação para a casa de meu irmão. Há algum tempo, no meio de uma mudança, encontrei a caixa com os manuscritos e os documentos relativos aos resultados principais da pesquisa e à primeira redação do livro. No verão de 1995 comecei a escrever de novo o romance, por completo, tentando ser absolutamente fiel à verdade dos fatos. Os acontecimentos estavam agora tão distantes e tão obscuros que pareciam a recordação perdida de uma experiência vivida. Quase já os havia esquecido e eram novos e quase desconhecidos para mim passados mais de trinta anos. Essa distância me ajudou a trabalhar a história como se se tratasse do relato de um sonho.

Parece-me que esse sonho começa com uma imagem. Gostaria de terminar este livro com a recordação dessa imagem, isto é, com a recordação da moça que vai no trem para a Bolívia e mostra o rosto pela janela e me olha séria, sem um gesto de adeus, quieta, enquanto a vejo se afastar, em pé na plataforma da estação vazia.

Buenos Aires, 25 de julho de 1997

ESTA OBRA FOI COMPOSTA PELA HELVÉTICA EDITORIAL EM GARAMOND E IMPRESSA PELA HAMBURG GRÁFICA EDITORA EM OFF-SET SOBRE PAPEL PÓLEN BOLD DA COMPANHIA SUZANO PARA A EDITORA SCHWARCZ EM AGOSTO DE 1998.